汚れつちまつた悲しみに……

中原中也詩集

中原中也
佐々木幹郎＝編

角川文庫
20003

凡例

○本文庫は、中原中也の代表作品である詩集『山羊の歌』『在りし日の歌』および、生前に発表されたが未刊の「生前発表詩篇」、草稿のみ現存する「未発表詩篇」から抜粋、あらたに構成した。各章ごとに制作年月推定順となっている。

○初出や草稿に制作年次が付されている場合は、作品の末尾に括弧付で表記した。

○本文の表記は歴史的仮名遣いに統一し、旧字は新字に改めた。ただし作者独自の用字や一部の旧字は改めなかった。難読の漢字にはルビを適宜補った。

目次

中原中也詩集『汚れつちまつた悲しみに……』

汚れつちまつた悲しみに……

汚れつちまつた悲しみに
今日も小雪の降りかかる
汚れつちまつた悲しみに
今日も風さへ吹きすぎる

汚れつちまつた悲しみは
たとへば狐の革裘《かはごろも》
汚れつちまつた悲しみは
小雪のかかつてちぢこまる

汚れつちまつた悲しみは
なにのぞむなくねがふなく
汚れつちまつた悲しみは
倦怠《けだい》のうちに死を夢む

汚れつちまつた悲しみに
いたいたしくも怖気《おぢけ》づき
汚れつちまつた悲しみに
なすところもなく日は暮れる……

第一章　生きる

少年時

黝《あをぐろ》い石に夏の日が照りつけ、
庭の地面が、朱色に睡つてゐた。

地平の果に蒸気が立つて、
世の亡ぶ、兆《きざし》のやうだつた。

麦田には風が低く打ち、
おぼろで、灰色だつた。

翔《と》びゆく雲の落とす影のやうに、
田の面《も》を過ぎる、昔の巨人の姿――
夏の日の午《ひる》過ぎ時刻
誰彼の午睡《ひるね》するとき、
私は野原を走つて行つた……
私は希望を唇に嚙みつぶして
私はギロギロする目で諦めてゐた……
噫《ああ》、生きてゐた、私は生きてゐた！

寒い夜の自我像

きらびやかでもないけれど
この一本の手綱をはなさず
この陰暗の地域を過ぎる！
その志明らかなれば
冬の夜を我は嘆かず
人々の憔《せう》燥《さう》のみの愁《かな》しみや
憧れに引廻される女等の鼻唄を
わが瑣《さ》細《さい》なる罰と感じ
そが、わが皮膚を刺すにまかす。

蹌踉《よろ》めくままに静もりを保ち、
聊《いささ》かは儀文めいた心地をもつて
われはわが怠惰を諫《いさ》める
寒月の下を往きながら。

陽気で、坦々として、而《しか》も己を売らないことをと、
わが魂の願ふことであつた！

都会の夏の夜

月は空にメダルのやうに、
街角《まちかど》に建物はオルガンのやうに、
遊び疲れた男どち唱ひながらに帰つてゆく。
――イカムネ・カラアがまがつてゐる――

その脣《くちびる》は胠《ひら》ききつて
その心は何か悲しい。
頭が暗い土塊になつて、
ただもうラアラア唱つてゆくのだ。

商用のことや祖先のことや
忘れてゐるといふではないが、
都会の夏の夜《よる》の更《ふけ》――

死んだ火薬と深くして
眼に外燈の滲みいれば
ただもうラアラア唱つてゆくのだ。

逝く夏の歌

並木の梢が深く息を吸つて、
空は高く高く、それを見てゐた。
日の照る砂地に落ちてゐた硝子《ガラス》を、
歩み来た旅人は周章《あわ》てて見付けた。

山の端は、澄んで澄んで、
金魚や娘の口の中を清くする。
飛んで来るあの飛行機には、
昨日私が昆蟲《こんちゆう》の涙を塗つておいた。

風はリボンを空に送り、
私は嘗《かつ》て陥落した海のことを
その浪のことを語らうと思ふ。

騎兵聯隊《れんたい》や上肢の運動や、
下級官吏の赤靴のことや、
山沿ひの道を乗手《のりて》もなく行く
自転車のことを語らうと思ふ。

修羅街輓歌

関口隆克に

序歌

忌はしい憶ひ出よ、
去れ！　そしてむかしの
憐みの感情と
ゆたかな心よ、
返つて来い！

今日は日曜日

椽側《えんがは》には陽が当る。
――もういつぺん母親に連れられて
祭の日には風船玉が買つてもらひたい、
空は青く、すべてのものはまぶしくかゞやかしかつた……

　忌はしい憶ひ出よ、
去れ！　去れ去れ！

II　酔生

私の青春も過ぎた、
――この寒い明け方の鶏鳴よ！
私の青春も過ぎた。

ほんに前後もみないで生きて来た……

私はあむまり陽気にすぎた？
——無邪気な戦士、私の心よ！

それにしても私は憎む、
対外意識にだけ生きる人々を。
——パラドクサルな人生よ。

いま茲《ここ》に傷つきはてて、
——この寒い明け方の鶏鳴よ！
おゝ、霜にしみらの鶏鳴よ……

Ⅲ　独　語

器の中の水が揺れないやうに、
器を持ち運ぶことは大切なのだ。
さうでさへあるならば

モーションは大きい程いい。

しかしさうするために、
もはや工夫《くふう》を凝らす余地もないなら……
心よ、
謙抑にして神恵を待てよ。

III

いといと淡き今日の日は
雨蕭々《せうせう》と降り洒《そそ》ぎ、
水より淡《あは》き空気にて
林の香りすなりけり。

げに秋深き今日の日は
石の響きの如くなり。

思ひ出だにもあらぬがに
まして夢などあるべきか。

まことや我は石のごと
影の如くは生きてきぬ……
呼ばんとするに言葉なく
空の如くははてもなし。

それよかなしきわが心
いはれもなくて拳《こぶし》する
誰をか責むることかある?
せつなきことのかぎりなり。

木蔭

神社の鳥居が光をうけて
楡《にれ》の葉が小さく揺すれる
夏の昼の青々した木蔭は
私の後悔を宥《なだ》めてくれる

暗い後悔　いつでも附纏ふ後悔
馬鹿々々しい破笑にみちた私の過去は
やがて涙つぽい晦暝《くわいめい》となり
やがて根強い疲労となつた

かくて今では朝から夜まで
忍従することのほかに生活を持たない
怨みもなく喪心したやうに
空を見上げる私の眼《まなこ》——

神社の鳥居が光をうけて
楡の葉が小さく揺すれる
夏の昼の青々した木蔭は
私の後悔を宥めてくれる

雪が降つてゐる……

雪が降つてゐる、
　とほくを。
雪が降つてゐる、
　とほくを。
捨てられた羊かなんぞのやうに
　とほくを、
雪が降つてゐる、
　とほくを。
たかい空から、

とほくを、
　とほくを、
とほくを
お寺の屋根にも、
　それから、
それから、
お寺の森にも、
　それから、
たえまもなしに。

　空から、
雪が降つてゐる
　それから、
兵営にゆく道にも、
　それから、
日が暮れかゝる、
　それから、

喇叭《らつぱ》がきこえる。
　それから、
雪が降つてゐる、
　なほも。

（一九二九・二・一八）

生ひ立ちの歌

I

幼年時

私の上に降る雪は
真綿のやうでありました

少年時

私の上に降る雪は
霙《みぞれ》のやうでありました

十七――十九

私の上に降る雪は
霰《あられ》のやうに散りました

二十――二十二

私の上に降る雪は
雹《ひょう》であるかと思はれた

二十三

私の上に降る雪は
ひどい吹雪とみえました

二十四

私の上に降る雪は
いとしめやかになりました……

II

私の上に降る雪は
花びらのやうに降ってきます
薪の燃える音もして
凍るみ空の黝《くろ》む頃

私の上に降る雪は
いとなよびかになつかしく
手を差伸べて降りました

私の上に降る雪は
熱い額に落ちもくる
涙のやうでありました

私の上に降る雪に
いとねんごろに感謝して、神様に
長生したいと祈りました
私の上に降る雪は
いと貞潔でありました

羊の歌

安原喜弘に

I　祈り

死の時には私が仰向かんことを！
この小さな顎《あご》が、小さい上にも小さくならんことを！
それよ、私は私が感じ得なかつたことのために、
罰されて、死は来たるものと思ふゆゑ。

あゝ、その時私の仰向かんことを！
せめてその時、私も、すべてを感ずる者であらんことを！

II

思惑よ、汝　古く暗き気体よ、
わが裡《うち》より去れよかし！
われはや単純と静けき呟《つぶや》きと、
とまれ、清楚のほかを希《ねが》はず。

交際よ、汝陰鬱なる汚濁《をぢよく》の許容よ、
更《あらた》めてわれを目覚ますことなかれ！
われはや孤寂に耐えんとす、
わが腕は既に無用の有《もの》に似たり。

汝、疑ひとともに見開く眼《まなこ》よ
見開きたるまゝに暫《しば》しは動かぬ眼よ、
あゝ、己の外をあまりに信ずる心よ、

それよ思惑、汝古く暗き空気よ、
わが裡より去れよかし去れよかし！
われはや、貧しきわが夢のほかに興ぜず

Ⅲ

我が生は恐ろしい嵐のやうであつた、
其処此処《そここ》に時々陽の光も落ちたとはいへ。
ボードレール

九才の子供がありました
女の子供でありました
世界の空気が、彼女の有《いう》であるやうに
またそれは、凭《よ》つかかられるもののやうに
彼女は頸をかしげるのでした

私と話してゐる時に。
私は炬燵《こたつ》にあたつてゐました
彼女は畳に坐つてゐました
冬の日の、珍しくよい天気の午前
私の室《へや》には、陽がいつぱいでした
彼女が顎かしげると
彼女の耳朶《みみのは》陽に透きました。

私を信頼しきつて、安心しきつて
かの女の心は密柑《みかん》の色に
そのやさしさは氾濫するなく、かといつて
鹿のやうに縮かむこともありませんでした
私はすべての用件を忘れ
この時ばかりはゆるやかに時間を熟読翫味《ぐわんみ》しました。

IIII

さるにても、もろに侘《わび》しいわが心
夜な夜なは、下宿の室《へや》に独りゐて
思ひなき、思ひを思ふ 単調の
つまし心の連弾よ……

汽車の笛聞こえもくれば
旅おもひ、幼き日をばおもふなり
いなよいなよ、幼き日をも旅をも思はず
旅とみえ、幼き日とみゆものをのみ……

思ひなき、おもひを思ふわが胸は
閉ざされて、醺生《かびは》ゆる手匣《てばこ》にこそはさも似たれ
しらけたる脣《くち》、乾きし頬

酷薄の、これな寂莫《しじま》にほとぶなり……

これやこの、慣れしばかりに耐えもする
さびしさこそはせつなけれ、みづからは
それともしらず、ことやうに、たまさかに
ながる涙は、人恋ふる涙のそれにもはやあらず……

いのちの声

もろもろの業《わざ》、太陽のもとにては蒼ざめたるかな。

——ソロモン

僕はもうバッハにもモツアルトにも倦果てた。
あの幸福な、お調子者のヂャズにもすつかり倦果てた。
僕は雨上りの曇つた空の下の鉄橋のやうに生きてゐる。
僕に押寄せてゐるものは、何時でもそれは寂漠だ。
僕はその寂漠の中にすつかり沈静してゐるわけでもない。
僕は何かを求めてゐる、絶えず何かを求めてゐる。

恐ろしく不動の形の中にだが、また恐ろしく憔《じ》れてゐる。
そのためにはや、食慾も性慾もあつてなきが如くでさへある。

しかし、それが何かは分らない、つひぞ分つたためしはない。
それが二つあるとは思へない、ただ一つであるとは思ふ。
しかしそれが何かは分らない、つひぞ分つたためしはない。
それに行き著《つ》く一か八かの方途さへ、悉皆《すつかり》分つたためしはない。

時に自分を揶揄《からか》ふやうに、僕は自分に訊《き》いてみるのだ、
それは女か？　甘《うま》いものか？　それは栄誉か？
すると心は叫ぶのだ、あれでもない、これでもない、あれでもないこれでもない！
それでは空の歌、朝、高空に、鳴響く空の歌とでもいふのであらうか？

II

否何《いづ》れとさへそれはいふことの出来ぬもの！
手短かに、時に説明したくなるとはいふものの、
説明なぞ出来ぬものでこそあれ、我が生は生くるに値ひするものと信ずる
それよ現実！　汚れなき幸福！　あらはるものはあらはるまゝによいとい
ふこと！

人は皆、知ると知らぬに拘《かかは》らず、そのことを希望してをり、
勝敗に心覚《さと》き程は知るによしないものであれ、
それは誰も知る、放心の快感に似て、誰もが望み
誰もがこの世にある限り、完全には望み得ないもの！

併《しか》し幸福といふものが、このやうに無私の境《さかひ》のものであり、
かの慧敏《けいびん》なる商人の、称して阿呆《あはう》といふでもあらう底のものとすれば、

めしをくはねば生きてゆかれぬ現身《うつしみ》の世は、
不公平なものであるよといはねばならぬ。

だが、それが此の世といふものなんで、
其処《そこ》に我等は生きてをり、それは任意の不公平ではなく、
それに因《よ》て我等自身も構成されたる原理であれば、
然《しか》らば、この世に極端はないとて、一先づ休心するもよからう。

Ⅲ

されば要は、熱情の問題である。
汝、心の底より立腹せば
怒れよ！

さあれ、怒ることこそ
汝《な》が最後なる目標の前にであれ、

この言《こと》ゆめゆめおろそかにする勿《なか》れ。

そは、熱情はひととき持続し、やがて熄《や》むなるに、
その社会的効果は存続し、
汝《な》が次なる行為への転調の障《さまた》げとなるなれば。

III

ゆふがた、空の下で、身一点に感じられれば、万事に於て文句はないのだ。

夏の日の歌

青い空は動かない、
雲片《ぎれ》一つあるでない。
　夏の真昼の静かには
　タールの光も清くなる。

夏の空には何かがある、
いぢらしく思はせる何かがある、
　焦げて図太い向日葵《ひまはり》が
　田舎の駅には咲いてゐる。

上手に子供を育てゆく、
母親に似て汽車の汽笛は鳴る。
山の近くを走る時。

山の近くを走りながら、
母親に似て汽車の汽笛は鳴る。
夏の真昼の暑い時。

（頭を、ボーズにしてやらう）

頭を、ボーズにしてやらう
囚人刈りにしてやらう
ハモニカを吹かう
殖民地向きの、気軽さになつてやらう
荷物を忘れて、
引き越しをしてやらう

Anywhere out of the world
池の中に跳び込んでやらう
債券が当つた車夫のやうに走らう
車夫にならう
貯金帳を振り廻して、
永遠に走らう
奥さん達が笑ふだらう
歯が抜ける程笑ふだらう
Anywhere out of the world
真面目臭《くさ》つてゐられるかい。

（辛いこつた辛いこつた！）

辛いこつた辛いこつた！
なまなか伝説的存在にされて
あゝ、この言語玩弄者達の世に、
なまなか伝説的存在にされて、
（パンを奪はれ花は与へられ）
あゝ、小児病者の横行の世に！
奴等の頭は言葉でガラガラになり、
奴等の心は根も葉もないのだ。

野望の上に造花は咲いて
迷つた人心は造花に凭《すが》る。
造花作りは花屋を恨む、
さて、花は造花程口がきけない。

造花造りの羽振のよさは、
あゝ、滑稽なこつた滑稽なこつた。
それが滑稽だとみえないばかりに、
花の言葉はみなしやらくさい。
舌もつれようともつれまいと
花に嘘などつけはしないんだ。

骨

ホラホラ、これが僕の骨だ、
生きてゐた時の苦労にみちた
あのけがらはしい肉を破つて、
しらじらと雨に洗はれ、
ヌックと出た、骨の尖《さき》。

それは光沢もない、
ただいたづらにしらじらと、
雨を吸収する、

風に吹かれる、
幾分空を反映する。

生きてゐた時に、
これが食堂の雑踏の中に、
坐つてゐたこともある、
みつばのおしたしを食つたこともある、
と思へばなんとも可笑《をか》しい。

ホラホラ、これが僕の骨——
見てゐるのは僕？　可笑しなことだ。
霊魂はあとに残つて、
また骨の処にやつて来て、
見てゐるのかしら？

故郷《ふるさと》の小川のへりに、
半ばは枯れた草に立つて、
見てゐるのは、――僕?
恰度《ちやうど》立札ほどの高さに、
骨はしらじらととんがつてゐる。

春と赤ン坊

菜の花畑で眠つてゐるのは……
菜の花畑で吹かれてゐるのは……
赤ン坊ではないでせうか？

いいえ、空で鳴るのは、電線です電線です
ひねもす、空で鳴るのは、あれは電線です
菜の花畑に眠つてゐるのは、赤ン坊ですけど

走つてゆくのは、自転車々々々
向ふの道を、走つてゆくのは
薄桃色の、風を切つて……
薄桃色の、風を切つて
走つてゆくのは菜の花畑や空の白雲《しろくも》
――赤ン坊を畑に置いて

この小児

コボルト空に往交《ゆきか》へば、
野に
蒼白の
この小児。

黒雲空にすぢ引けば、
この小児
搾《しぼ》る涙は
銀の液……

地球が二つに割れゝばいい、
そして片方は洋行すればいい、
すれば私はもう片方に腰掛けて
青空をばかり――

花崗の巌《いはほ》や
浜の空
み寺の屋根や
海の果て……

秋日狂乱

僕にはもはや何もないのだ
僕は空手空拳だ
おまけにそれを嘆きもしない
僕はいよいよの無一物だ

それにしても今日は好いお天気で
さつきから沢山の飛行機が飛んでゐる
——欧羅巴《ヨーロッパ》は戦争を起すのか起さないのか
誰がそんなこと分るものか

今日はほんとに好いお天気で
空の青も涙にうるんでゐる
ポプラがヒラヒラヒラヒラしてゐて
子供等は先刻《せんこく》昇天した

もはや地上には日向ぼつこをしてゐる
月給取の妻君とデーデー屋さん以外にゐない
デーデー屋さんの叩く鼓の音が
明るい廃墟を唯独りで讃美し廻つてゐる

あゝ、誰か来て僕を助けて呉《く》れ
ヂオゲネスの頃には小鳥くらゐ啼いたらうが
けふびは雀も啼いてはをらぬ
地上に落ちた物影でさへ、はや余りに淡《あは》い！

——さるにても田舎のお嬢さんは何処に去《い》つたか
その紫の押花《おしばな》はもうにじまないのか
草の上には陽は照らぬのか
昇天の幻想だにもはやないのか？

僕は何を云つてゐるのか
如何《いか》なる錯乱に掠《かす》められてゐるのか
蝶々はどつちへとんでいつたか
今は春でなくて、秋であつたか

ではあゝ、濃いシロップでも飲まう
冷たくして、太いストローで飲まう
とろとろと、脇見もしないで飲まう
何にも、何にも、求めまい！……

三歳の記憶

椽側《えんがは》に陽があたつてて、
樹脂《やに》が五彩に眠る時、
柿の木いつぽんある中庭《には》は、
土は枇杷《びは》いろ　蠅が唸《な》く。

稚厠《おかは》の上に　抱へられてた、
すると尻から　蛔虫《むし》が下がつた。
その蛔虫《むし》が、稚厠の浅瀬で動くので
動くので、私は吃驚《びつくり》しちまつた。

あゝあ、ほんとに怖かつた
なんだか不思議に怖かつた、
それでわたしはひとしきり
ひと泣き泣いて　やつたんだ。

あゝ、怖かつた怖かつた
――部屋の中は　ひつそりしてゐて、
隣家《となり》は空に　舞ひ去つてゐた！
隣家《となり》は空に　舞ひ去つてゐた！

わが半生

私は随分苦労して来た。
それがどうした苦労であつたか、
語らうなぞとはつゆさへ思はぬ。
またその苦労が果して価値の
あつたものかなかつたものか、
そんなことなぞ考へてもみぬ。

とにかく私は苦労して来た。
苦労して来たことであつた！

そして、今、此処《ここ》、机の前の、
自分を見出すばつかりだ。
じつと手を出し眺めるほどの
ことしか私は出来ないのだ。

外《そと》では今宵、木の葉がそよぐ。
はるかな気持の、春の宵だ。
そして私は、静かに死ぬる、
坐つたまんまで、死んでゆくのだ。

曇天

ある朝　僕は　空の　中に、
黒い　旗が　はためくを　見た。
はたはた　それは　はためいて　ゐたが、
音は　きこえぬ　高きが　ゆゑに。

手繰り　下ろさうと　僕は　したが、
綱も　なければ　それも　叶《かな》はず、
旗は　はたはた　はためく　ばかり、
空の　奥処《おくが》に　舞ひ入る　如く。

かゝる朝《あした》を　少年の　日も、
屢々《しばしば》　見たりと　僕は　憶ふ。
かの時は　そを　野原の　上に、
今はた　都会の　甍《いらか》の　上に。

かの時　この時　時は　隔つれ、
此処《ここ》と　彼処《かしこ》と　所は　異れ、
はたはた　はたはた　み空に　ひとり、
いまも　渝《かは》らぬ　かの　黒旗よ。

幼獣の歌

黒い夜草深い野にあつて、
一匹の獣《けもの》が火消壺の中で
燧石《ひうちいし》を打つて、星を作つた。
冬を混ぜる　風が鳴つて。

獣はもはや、なんにも見なかつた。
カスタニェットと月光のほか
目覚ますことなき星を抱いて、
壺の中には冒瀆《ぼうとく》を迎へて。

雨後らしく思ひ出は一塊《いつくわい》となつて
風と肩を組み、波を打つた。
あゝなまめかしい物語——
奴隷も王女と美しかれよ。

卵殻もどきの貴公子の微笑と
遅鈍な子供の白血球とは、
それな獣を怖がらす。

黒い夜草深い野の中で、
一匹の獣の心は燻《くすぶ》る。
黒い夜草深い野の中で——
太古《むかし》は、独語も美しかつた！……

ゆきてかへらぬ

——京都——

僕は此の世の果てにゐた。陽は温暖に降り洒《そそ》ぎ、風は花々揺《ゆす》つてゐた。

木橋の、埃りは終日、沈黙し、ポストは終日赫々《あかあか》と、風車を付けた乳母車、いつも街上に停つてゐた。

棲む人達は子供等は、街上に見えず、僕に一人の縁者《みより》なく、風信機《かざみ》の上の空の色、時々見るのが仕事であつた。

さりとて退屈してもゐず、空気の中には蜜があり、物体ではないその蜜は、常住食すに適してゐた。

煙草くらゐは喫つてもみたが、それとて匂ひを好んだばかり。おまけに僕としたことが、戸外でしか吹かさなかつた。

さてわが親しき所有品《もちもの》は、タオル一本。枕は持つてゐたとはいへ、布団ときたらば影だになく、歯刷子《はぶらし》くらゐは持つてもゐたが、たつた一冊ある本は、中に何にも書いてはなく、時々手にとりその目方、たのしむだけのものだつた。

女たちは、げに慕はしいのではあつたが、一度とて、会ひに行かうと思はなかつた。夢みるだけで沢山だつた。

名状しがたい何物かゞ、たえず僕をば促進し、目的もない僕ながら、希望は胸に高鳴つてゐた。

＊　＊　＊

林の中には、世にも不思議な公園があつて、無気味な程にもにこやかな、女や子供、男達散歩してゐて、僕に分らぬ言語を話し、僕に分らぬ感情を、表情してゐた。

さてその空には銀色に、蜘蛛の巣が光り輝いてゐた。

一つのメルヘン

秋の夜は、はるかの彼方《かなた》に、
小石ばかりの、河原があつて、
それに陽は、さらさらと
さらさらと射してゐるのでありました。

陽といつても、まるで硅石《けいせき》か何かのやうで、
非常な個体の粉末のやうで、
さればこそ、さらさらと
かすかな音を立ててもゐるのでした。

さて小石の上に、今しも一つの蝶がとまり、
淡い、それでゐてくつきりとした
影を落としてゐるのでした。

やがてその蝶がみえなくなると、いつのまにか、
今迄流れてもゐなかつた川床に、水は
さらさらと、さらさらと流れてゐるのでありました……

言葉なき歌

あれはとほい処にあるのだけれど
おれは此処《ここ》で待つてゐなくてはならない
此処は空気もかすかで蒼く
葱《ねぎ》の根のやうに仄《ほの》かに淡《あは》い

決して急いではならない
此処で十分待つてゐなければならない
処女《むすめ》の眼《め》のやうに遥かを見遣《みや》つてはならない
たしかに此処で待つてゐればよい

それにしてもあれはとほいい彼方で夕陽にけぶつてゐた
号笛《フイトル》の音《ね》のやうに太くて繊弱だつた
けれどもその方へ駆け出してはならない
たしかに此処で待つてゐなければならない

さうすればそのうち喘《あへ》ぎも平静に復し
たしかにあすこまでゆけるに違ひない
しかしあれは煙突の煙のやうに
とほくとほく　いつまでも茜《あかね》の空にたなびいてゐた

月夜の浜辺

月夜の晩に、ボタンが一つ
波打際に、落ちてゐた。

それを拾つて、役立てようと
僕は思つたわけでもないが
なぜだかそれを捨てるに忍びず
僕はそれを、袂《たもと》に入れた。

月夜の晩に、ボタンが一つ

波打際に、落ちてゐた。
それを拾つて、役立てようと
僕は思つたわけでもないが
　月に向つてそれは抛《はふ》れず
　浪に向つてそれは抛れず
僕はそれを、袂に入れた。

月夜の晩に、拾つたボタンは
指先に沁《し》み、心に沁みた。

月夜の晩に、拾つたボタンは
どうしてそれが、捨てられようか？

正午

丸ビル風景

あゝ十二時のサイレンだ、サイレンだサイレンだ
ぞろぞろぞろぞろ出てくるわ、出てくるわ出てくるわ
月給取の午休《ひるやす》み、ぷらりぷらりと手を振つて
あとからあとから出てくるわ、出てくるわ出てくるわ
大きなビルの真ッ黒い、小ッちやな小ッちやな出入口
空はひろびろ薄曇り、薄曇り、埃りも少々立つてゐる
ひよんな眼付で見上げても、眼を落としても……
なんのおのれが桜かな、桜かな桜かな
あゝ十二時のサイレンだ、サイレンだサイレンだ

ぞろぞろぞろぞろ、出てくるわ、出てくるわ出てくるわ
大きいビルの真ッ黒い、小ッちやな小ッちやな出入口
空吹く風にサイレンは、響き響きて消えてゆくかな

夏と悲運

とど、俺としたことが、笑ひ出さずにやゐられない。

思へば小学校の頃からだ。
例へば夏休みも近づかうといふ暑い日に、
唱歌教室で先生が、オルガン弾いてアーエーイー、
すると俺としたことが、笑ひ出さずにやゐられなかつた。
格別、先生の口唇が、鼻腔が可笑《をか》しいといふのではない、
起立して、先生の後《あと》から歌ふ生徒等が、可笑しいといふのでもない、
それどころか俺は大体、此の世に笑ふべきものが存在《ある》とは思つてもゐなか

つた。
それなのに、とど、笑ひ出さずにゐられない、
すると先生は、俺を廊下に出して立たせるのだ。
俺は風のよく通る廊下で、淋しい思ひをしたもんだ。
俺としてからが、どう解釈のしやうもなかつた。
別に邪魔になる程に、大声で笑つたわけでもなかつたし、
然《しか》し先生がカン〳〵になつてゐることも事実だつたし、
先生自身何をそんなに怒るのか知つてゐぬことも事実だつたし、
俺としたつて意地やふざけで笑つたわけではなかつたのだ。
俺は廊下に立たされて、何がなし、「運命だ」と思ふのだつた。

大人となつた今日でさへ、さうした悲運はやみはせぬ。
夏の暑い日に、俺は庭先の樹の葉を見、蝉を聞く。
やがて俺は人生が、すつかり自然と游離してゐるやうに感じだす。
すると俺としたことが、もう何をする気も起らない。

格別俺は人生が、どうのかうのと云ふのではない。
理想派でも虚無派でもあるわけではとんとない。
孤高を以て任じてゐるなぞといふのでは尚更《なほさら》ない。
しかし俺としたことが、とど、笑ひ出さずにやゐられない。

どうしてそれがさうなのか、ほんとの話が、俺自身にも分らない。
しかしそれが結果する悲運ときたらだ、いやといふほど味はつてゐる。

（一九三七・七）

第二章　恋する

夏の夜

あゝ 疲れた胸の裡《うち》を
桜色の 女が通る
女が通る。

夏の夜の水田《すゐでん》の滓《おり》、
怨恨は気が遐《とほ》くなる
――盆地を繞《めぐ》る山は巡るか？
裸足《らそく》はやさしく 砂は底だ、

開いた瞳は　おいてきぼりだ、
霧の夜空は　高くて黒い。
霧の夜空は高くて黒い、
親の慈愛はどうしやうもない、
――疲れた胸の裡《うち》を　花弁が通る。
疲れた胸の裡を　花弁が通る
ときどき銅鑼《ごんぐ》が著物《きもの》に触れて。
靄《もや》はきれいだけれども、暑い！

春と恋人

美しい扉の親しさに
私が室《へや》で遊んでゐる時、
私にかまはず実《みの》つてた
新しい桃があつたのだ……

街の中から見える丘、
丘に建つてたオベリスク、
春には私に桂水くれた
丘に建つてたオベリスク……

蜆《しじみ》や鰯《いわし》を商《あきな》ふ路次の
びしよ濡れの土が歌つてゐる時、
かの女は何処《どこ》かで笑つてゐたのだ

港の春の朝の空で
私がかの女の肩を揺つたら、
真鍮《しんちゆう》の、盥《たらひ》のやうであつたのだ……

以来私は木綿の夜曲？
はでな処《とこ》には行きたかない……

春の雨

昨日は喜び、今日は死に、
明日は戦ひ？……
ほの紅の胸ぬちはあまりに清く、
道に踏まれて消えてゆく。

歌ひしほどに心地よく、
聞かせしほどにわれ喘《あへ》ぐ。
春わが心をつき裂きぬ、
たれか来りてわを愛せ。

あゝ喜びはともにせん、
わが恋人よはらからよ。
われの心の幼なくて、
われの心に怒りあり。
さてもこの日に雨が降る、
雨の音きけ、雨の音。

間奏曲

いとけない顔のうへに、
降りはじめの雨が、ぽたつと落ちた……
百合の少女《をとめ》の眼瞼《まぶた》の縁《ふち》に、
露の玉が一つ、あらはれた……
春の祭の街《まち》の上に空から石が降って来た
人がみんなとび退《の》いた！

いとけない顔の上に、
雨が一つ、落ちた……

女よ

女よ、美しいものよ、私の許《もと》にやつておいでよ。
笑ひでもせよ、嘆きでも、愛らしいものよ。
妙に大人ぶるかと思ふと、すぐまた子供になつてしまふ
女よ、そのくだらない可愛いい夢のままに、
私の許にやつておいで。嘆きでも、笑ひでもせよ。

どんなに私がおまへを愛すか、
それはおまへにわかりはしない。けれどもだ、
さあ、やつておいでよ、奇麗な無知よ、

おまへにわからぬ私の悲愁は、
おまへを愛すに、かへつてすばらしいこまやかさとはなるのです。

さて、そのこまやかさが何処《どこ》からくるともしらないおまへは、
欣《よろこ》び甘え、しばらくは、仔猫のやうにも戯《じゃ》れるのだが、
やがてもそれに飽いてしまふと、そのこまやかさのゆゑに
却《かへつ》ておまへは憎みだしたり疑ひ出したり、つひに私に叛《そむ》くやうにさへもな
るのだ、
おゝ、忘恩なものよ、可愛いいものよ！　おゝ、可愛いいものよ、忘恩な
ものよ！

（一九二八・一二・一八）

追懐

あなたは私を愛し、
私はあなたを愛した。

あなたはしつかりしてをり、
わたしは真面目であつた。——

人にはそれが、嫉《ねた》ましかつたのです、多分、
そしてそれを、偸《ぬす》まうとかゝつたのだ。

嫉み羨《うらや》みから出発したくどきに、あなたは乗つたのでした、
――何故でせう？――何かの拍子……

さうしてあなたは私を別れた、
あの日に、おお、あの日に！

曇つて風ある日だつたその日は。その日以来、
もはやあなたは私のものではないのでした。

私は此処《ここ》にゐます、黄色い灯影に、
あなたが今頃笑つてゐるかどうか、――いや、ともすればそんなこと、想
　つてゐたりするのです

（一九二九・七・一四）

みちこ

そなたの胸は海のやう
おほらかにこそうちあぐる。
はるかなる空、あをき浪、
涼しかぜさへ吹きそひて
松の梢をわたりつつ
磯白々とつづきけり。

またなが目にはかの空の
いやはてまでもうつしゐて

竝《なら》びくるなみ、渚《なぎさ》なみ、
いとすみやかにうつろひぬ。
みるとしもなく、ま帆片帆
沖ゆく舟にみとれたる。

またその額《ぬか》のうつくしさ
ふと物音におどろきて
午睡の夢をさまされし
牡牛のごとも、あどけなく
かろやかにまたしとやかに
もたげられ、さてうち俯しぬ。

しどけなき、なれが頸《うなじ》は虹にして
ちからなき、嬰児《みどりご》ごとき腕《かひな》して
絃《いと》うたあはせはやきふし、なれの踊れば、

海原はなみだぐましき金《きん》にして夕陽をたたへ
沖つ瀬は、いよとほく、かしこしづかにうるほへる
空になん、汝《な》の息絶ゆるとわれはながめぬ。

盲目の秋

Ⅰ

風が立ち、浪が騒ぎ、
　無限の前に腕を振る。

その間《かん》、小さな紅《くれなゐ》の花が見えはするが、
　それもやがては潰れてしまふ。

風が立ち、浪が騒ぎ、
　無限のまへに腕を振る。

もう永遠に帰らないことを思つて
　酷薄な嘆息するのも幾たびであらう……

私の青春はもはや堅い血管となり、
　その中を曼珠沙華《ひがんばな》と夕陽とがゆきすぎる。

それはしづかで、きらびやかで、なみなみと湛《たた》え、
　去りゆく女が最後にくれる笑《ゑま》ひのやうに、

厳《おごそ》かで、ゆたかで、それでゐて佗《わび》しく
　異様で、温かで、きらめいて胸に残る……

　　あゝ、胸に残る……

風が立ち、浪が騒ぎ、
　無限のまへに腕を振る。

II

これがどうならうと、あれがどうならうと、
そんなことはどうでもいいのだ。

これがどういふことであらうと、それがどういふことであらうと、
そんなことはなほさらどうだつていいのだ。

人には自恃《じじ》があればよい！
その余はすべてなるまゝだ……

自恃だ、自恃だ、自恃だ、自恃だ、
ただそれだけが人の行ひを罪としない。

平気で、陽気で、藁束のやうにしむみりと、
朝霧を煮釜に塡《つ》めて、跳起きられればよい！

Ⅲ

私の聖母《サンタ・マリヤ》！
　とにかく私は血を吐いた！……
おまへが情けをうけてくれないので、
　とにかく私はまゐつてしまつた……

それといふのも私が素直でなかつたからでもあるが、
　それといふのも私に意気地がなかつたからでもあるが、
私がおまへを愛することがごく自然だつたので、
　おまへもわたしを愛してゐたのだが……

おゝ！　私の聖母《サンタ・マリヤ》！
　いまさらどうしやうもないことではあるが、
せめてこれだけ知るがいい――

ごく自然に、だが自然に愛せるといふことは、
　そんなにたびたびあることでなく、
そしてこのことを知ることが、さう誰にでも許されてはゐないのだ。

III

せめて死の時には、
あの女が私の上に胸を披《ひら》いてくれるでせうか。
　その時は白粧《おしろい》をつけてゐてはいや、
　その時は白粧をつけてゐてはいや。

ただ静かにその胸を披いて、

私の眼に副射してゐて下さい。
　何にも考へてくれてはいや、
　たとへ私のために考へてくれるのでもいや。

ただはららかにはららかに涙を含み、
あたたかく息づいてゐて下さい。
――もしも涙がながれてきたら、

いきなり私の上にうつ俯して、
それで私を殺してしまつてもいい。
すれば私は心地よく、うねうねの暝土《よみぢ》の径を昇りゆく。

わが喫煙

おまへのその、白い二本の脛《あし》が、
夕暮、港の町の寒い夕暮、
によきによきと、ペエヴの上を歩むのだ。
店々に灯がついて、灯がついて、
私がそれをみながら歩いてゐると、
おまへが声をかけるのだ、
どつかにはいつて憩《やす》みませうよと。

そこで私は、橋や荷足《にたり》を見残しながら、

レストオランに這入《はひ》るのだ——
わんわんいふ喧騒《どよもし》、むつとするスチーム、
さても此処《ここ》は別世界。
そこで私は、時宜にも合はないおまへの陽気な顔を眺め、
かなしく煙草を吹かすのだ、
一服、一服、吹かすのだ……

妹よ

夜、うつくしい魂は涕《な》いて、
　――かの女こそ正当《あたりき》なのに――
夜、うつくしい魂は涕いて、
　もう死んだつていいよう……といふのであつた。

湿つた野原の黒い土、短い草の上を
　夜風は吹いて、
死んだつていいよう、死んだつていいよう、と、
　うつくしい魂は涕くのであつた。

夜、み空はたかく、吹く風はこまやかに

――祈るよりほか、わたくしに、すべはなかつた……

無題

I

こひ人よ、おまへがやさしくしてくれるのに、
私は強情だ。ゆふべもおまへと別れてのち、
酒をのみ、弱い人に毒づいた。今朝
目が覚めて、おまへのやさしさを思ひ出しながら
私は私のけがらはしさを歎いてゐる、そして
正体もなく、今玆《ここ》に告白をする、恥もなく、
品位もなく、かといつて正直さもなく
私は私の幻想に駆られて、狂ひ廻る。

人の気持をみようとするやうなことはつひになく、
こひ人よ、おまへがやさしくしてくれるのに
私は頑《かたく》なで、子供のやうに我儘《わがまま》だつた！
目が覚めて、宿酔《ふつかよひ》の厭《いと》ふべき頭の中で、
戸の外の、寒い朝らしい気配を感じながら
私はおまへのやさしさを思ひ、また毒づいた人を思ひ出す。
そしてもう、私はなんのことだか分らなく悲しく、
今朝はもはや私がくだらない奴だと、自《み》ら信ずる！

II

彼女の心は真つ直《すぐ》い！
彼女は荒々しく育ち、
たよりもなく、心を汲んでも
もらへない、乱雑な中に
生きてきたが、彼女の心は

私のより真つ直いそしてぐらつかない。
彼女は美しい。わいだめもない世の渦の中に
彼女は賢くつつましく生きてゐる。
あまりにわいだめもない世の渦のために、
折に心が弱り、弱々しく躁《さわ》ぎはするが、
而《しか》もなほ、最後の品位をなくしはしない
彼女は美しい、そして賢い！

嘗《かつ》て彼女の魂が、どんなにやさしい心をもとめてゐたかは！
しかしいまではもう諦めてしまつてさへゐる。
我利々々で、幼稚な、獣《けもの》や子供にしか、
彼女は出遇《であ》はなかつた。おまけに彼女はそれと識《し》らずに、
唯、人といふ人が、みんなやくざなんだと思つてゐる。
そして少しはいぢけてゐる。彼女は可哀想だ！

Ⅲ

かくは悲しく生きん世に、なが心
かたくなにしてあらしめな。
われはわが、したしさにはあらんとねがへば
なが心、かたくなにしてあらしめな。

かたくなにしてあるときは、心に眼《まなこ》
魂に、言葉のはたらきあとを絶つ
なごやかにしてあらんとき、人みなは生《あ》れしながらの
うまし夢、またそがことはり分ち得ん。

おのが心も魂も、忘れはて棄て去りて
悪酔の、狂ひ心地に美を索《もと》む
わが世のさまのかなしさや、

おのが心におのがじし湧きくるおもひもたずして、
人に勝《まき》らん心のみいそがはしき
熱を病む風景ばかりかなしきはなし。

Ⅲ

私はおまへのことを思つてゐるよ。
いとほしい、なごやかに澄んだ気持の中に、
昼も夜も浸つてゐるよ、
まるで自分を罪人ででもあるやうに感じて。

私はおまへを愛してゐるよ、精一杯だよ。
いろんなことが考へられもするが、考へられても
それはどうにもならないことだしするから、
私は身を棄ててお前に尽さうと思ふよ。

またさうすることのほかには、私にはもはや
希望も目的も見出せないのだから
さうすることは、私に幸福なんだ。

幸福なんだ、世の煩《わづら》ひのすべてを忘れて、
いかなることとも知らないで、私は
おまへに尽せるんだから幸福だ！

V　幸　福

幸福は厩《うまや》の中にゐる
藁の上に。
幸福は
和める心には一挙にして分る。

頑《かたく》なの心は、不幸でいらいらして、
せめてめまぐるしいものや
数々のものに心を紛らす。
そして益々《ますます》不幸だ。

幸福は、休んでゐる
そして明らかになすべきことを
少しづつ持ち、
幸福は、理解に富んでゐる。

頑なの心は、理解に欠けて、
なすべきをしらず、ただ利に走り、
意気消沈して、怒りやすく、
人に嫌はれて、自らも悲しい。

されば人よ、つねにまづ従はんとせよ。
従ひて、迎へられんとには非ず、
従ふことのみ学びとなるべく、学びて
汝が品格を高め、そが働きの裕《ゆた》かとならんため！

雪の宵

青いソフトに降る雪は
過ぎしその手か囁きか　白秋

ホテルの屋根に降る雪は
過ぎしその手か、囁《ささや》きか
　ふかふか煙突煙《けむ》吐いて、
赤い火の粉も刎《は》ね上る。

今夜み空はまつ暗で、
暗い空から降る雪は……

　ほんに別れたあのをんな、
　いまごろどうしてゐるのやら。

ほんにわかれたあのをんな、
いまに帰つてくるのやら

　徐《しつ》かに私は酒のんで
　悔と悔とに身もそぞろ。

しづかにしづかに酒のんで
いとしおもひにそらるる……

ホテルの屋根に降る雪は
過ぎしその手か、囁きか
ふかふか煙突煙《けむ》吐いて
赤い火の粉も刎ね上る。

時こそ今は……

時こそ今は花は香炉に打薫じ
ボードレール

時こそ今は花は香炉に打薫じ、
そこはかとないけはひです。
しほだる花や水の音や、
家路をいそぐ人々や。

いかに泰子、いまこそは
しづかに一緒に、をりませう。

遠くの空を、飛ぶ鳥も
いたいけな情け、みちてます。

いかに泰子、いまこそは
暮るる籬《まがき》や群青《ぐんじやう》の
空もしづかに流るころ。

いかに泰子、いまこそは
おまへの髪毛《かみげ》なよぶころ
花は香炉に打薫じ、

或る女の子

この利己一偏の女の子は、
この小っちゃ脳味噌は、
少しでもやさしくすれば、
おほよろこびで……

少しでも素気なくすれば、
すぐもう逃げる……

そこで私が、「ひどくみえてても
やさしいのだよ」といってやると、
ほんとにひどい時でも
やさしいのだと思つてゐる……
この利己一偏の女の子は、
この小っちゃ脳味噌は、
――この小っちゃな脳味噌のために道の平らかならんことを……

湖上

ポッカリ月が出ましたら、
舟を浮べて出掛けませう。
波はヒタヒタ打つでせう、
風も少しはあるでせう。

沖に出たらば暗いでせう、
櫂《かい》から滴垂《したた》る水の音は
昵懇《ちか》しいものに聞こえませう、
――あなたの言葉の杜切《とぎ》れ間を。

月は聴き耳立てるでせう、
すこしは降りても来るでせう、
われら接唇《くちづけ》する時に
月は頭上にあるでせう。

あなたはなほも、語るでせう、
よしないことや拗言《すねごと》や、
洩らさず私は聴くでせう、
――けれど漕ぐ手はやめないで。

ポツカリ月が出ましたら、
舟を浮べて出掛けませう、
波はヒタヒタ打つでせう、
風も少しはあるでせう。

（そのうすいくちびると）

そのうすいくちびると、
そのほそい声とは
食べるによろしい。
薄荷《はくか》のやうに結晶してはゐないけれど、
結締組織をしてはゐるけれど、
食べるによろしい。

しかし、食べることは誰にも出来るけれど、
食べだしてからは六ヶ敷《むつかし》い。
味はふことは六ヶ敷い、……
黎明《あけぼの》は心を飛翔《ひしやう》させ、

美食をすべてキナくさく思はせ、
人の愛さへ五月蠅《うるさ》く思はせ、——
それでもそのうすいくちびるとそのほそい声とは、
食べるによろしい。——あゝ、よろしい！

疲れやつれた美しい顔

疲れやつれた美しい顔よ、
私はおまへを愛す。
さうあるべきがよかつたかも知れない多くの元気な顔たちの中に、
私は容易におまへを見付ける。

それはもう、疲れしぼみ、
悔とさびしい微笑としか持つてはをらぬけれど、
それは此の世の親しみのかずかずが、
縺《もつ》れ合ひ、香となつて籠る壺なんだ。

そこに此の世の喜びの話や悲みの話は、
彼のためには大きすぎる声で語られ、
彼の瞳はうるみ、
語り手は去つてゆく。

彼が残るのは、十分諦めてだ。
だが諦めとは思はないでだ。
その時だ、その壺が花を開く、
その花は、夜の部屋にみる、三色菫《さんしきすみれ》だ。

Tableau Triste

A・O・に。

私の心の、『過去』の画面の、右の端には、
女の額の、大きい額のプロフィルがみえ、
それは、野兎色のランプの光に仄照《ほのて》らされて、
嘲弄的な、その生《は》え際《ぎは》に隈取《くまど》られてゐる。

その眼眸《まなざし》は、画面の中には見出せないが、恐らくは
窮屈げに、あでやかな笑《ゑみ》に輝いて、中立地帯に向けられてゐる。
そして、なぜか私は、彼の女の傍《そば》に、

騎兵のサーベルと、長靴を感ずる——
読者よ、これは、その性情の無辜《むこ》のために、
いためられ、弱くされて、それの個性は、
それの個性の習慣を形づくるに至らなかつた、
一人の男の、かなしい心の、『過去』の画面、……

今宵も、心の、その画面の右の端には、
その額、大きい額のプロフィルがみえ、
野兎色の、ラムプの光に仄照らされて、
ラムプの焔の消長に、消長につれてゆすれてゐる。

コキューの憶ひ出

その夜私は、コンテで以て自我像を画いた
風の吹いてるお会《ゑ》式《しき》の夜でした

打叩く太鼓の音は風に消え、
私の机の上ばかり、あかあかと明《あか》り、
女はどこで、何を話してゐたかは知る由もない
私の肖《に》顔《がほ》は、コンテに汚れ、

その上に雨でもバラつかうものなら、
まこと傑作な自我像は浮び、
軋《きし》りゆく、終夜電車は、
悲しみの余裕を奪ひ、
あかあかと、あかあかと私の画用紙の上は、
けれども悲しい私の肖顔《にがほ》が浮んでた。

細心

傍若無人な、そなたの美しい振舞ひを、
その手を、まるで男の方を見ない眼を、
わたしがどんなに尊長したかは、

わたしはまるで俯向《うつむ》いてゐて
そなたを一と目も見なかつたけれど、
そなたは豹《へう》にしては鹿、
鹿にしては豹に似てゐた。

野卑な男達はそなたを堅い木材と感じ
節度の他に何にも知らぬ男達は、
そなたを護謨《ゴム》と感じてゐた。

されば私は差上げる、
どうせ此の世では報はれないだらうそなたの美のために、
白の手套《てぶくろ》とオリーヴ色のジャケツとを、
私が死んだ時、私の抽出《ひきだ》しからお取り下さい。

マルレネ・ディートリッヒ

なあに、小児病者の言ふことですよ、
そんなに美しいあなたさへ
あんな言葉を気にするなんて、
なんとも困つたものですね。

合言葉、二週間も口端にのぼれば、
やがて消えゆく合言葉、
精神の貧困の隠されてゐる
馬鹿者のグループでの合言葉。

それがあなたの美しさにまで何なのでせう！
その脚は、形よいうちにもけものをおもはせ、
あなたの祖先はセミチック、
亜米利加《アメリカ》古曲に聴入る風姿《ふぜい》、

ああ、そのやうに美しいあなたさへ
あんな言葉に気をとられるなんて、
浮世の苦労をなされるなんて、
私にはつまんない、なにもかもつまんない。

憔悴

Pour tout homme, il vient une époque où l'homme languit.
——Proverbe.

Il faut d'abord avoir soif....
——Catherine de Médicis.

私はも早、善い意志をもつては目覚めなかつた
起きれば愁《うれ》はしい　平常《いつも》のおもひ
私は、悪い意志をもつてゆめみた……
(私は其処に安住したのでもないが、
其処を抜け出すことも叶《かな》はなかつた)
そして、夜が来ると私は思ふのだつた、

此の世は、海のやうなものであると。
私はすこししけてゐる宵の海をおもつた
其処を、やつれた顔の船頭は
おぼつかない手で漕ぎながら
獲物があるかあるまいことか
水の面《おもて》を、にらめながらに過ぎてゆく

II

昔　私は思つてゐたものだつた
恋愛詩なぞ愚劣なものだと
今私は恋愛詩を詠み
甲斐あることに思ふのだ

だがまだ今でもともすると
恋愛詩よりもましな詩境にはいりたい

その心が間違つてゐるかゐないか知らないが
とにかくさういふ心が残つてをり

それは時々私をいらだて
とんだ希望を起させる

昔私は思つてゐたものだつた
恋愛詩なぞ愚劣なものだと

けれどもいまでは恋愛を
ゆめみるほかに能がない

III

それが私の堕落かどうか
どうして私に知れようものか

腕にたるむだ私の怠惰
今日も日が照る　空は青いよ

ひよつとしたなら昔から
おれの手に負へたのはこの怠惰だけだつたかもしれぬ

真面目な希望も　その怠惰の中から
憧憬したのにすぎなかつたかもしれぬ

あゝ　それにしてもそれにしても

ゆめみるだけの　男にならうとはおもはなかつた！

IIII

しかし此の世の善だの悪だの
容易に人間に分りはせぬ

人間に分らない無数の理由が
あれをもこれをも支配してゐるのだ

山蔭の清水《しみづ》のやうに忍耐ぶかく
つぐむでゐれば愉《たの》しいだけだ

汽車からみえる　山も　草も
空も　川も　みんなみんな

やがては全体の調和に溶けて
空に昇つて　虹となるのだらうとおもふ……

V

さてどうすれば利するだらうか、とか
どうすれば哂《わら》はれないですむだらうか、とかと
要するに人を相手の思惑に
明けくれすぐす、世の人々よ、
僕はあなたがたの心も尤《もつと》もと感じ
一生懸命郷《がう》に従つてもみたのだが
今日また自分に帰るのだ
ひつぱつたゴムを手離したやうに

さうしてこの怠惰の窗《まど》の中から
扇のかたちに食指をひろげ
青空を喫ふ　閑《ひま》を嚥《の》む
蛙さながら水に泛《うか》んで
夜《よる》は夜《よる》とて星をみる
あゝ　空の奥、空の奥。

VI

しかし　またかうした僕の状態がつづき、
僕とても何か人のするやうなことをしなければならないと思ひ、
自分の生存をしんきくさく感じ、
ともすると百貨店のお買上品届け人にさへ驚嘆する。

そして理屈はいつでもはつきりしてゐるのに
気持の底ではゴミゴミゴミゴミ懐疑の小屑《をくづ》が一杯です。
それがばかげてゐるにしても、その二つつが
僕の中にあり、僕から抜けぬことはたしかなのです。

と、聞えてくる音楽には心惹かれ、
ちよつとは生き生きしもするのですが、
その時その二つつは僕の中に死んで、

あゝ　空の歌、海の歌、
僕は美の、核心を知つてゐるとおもふのですが
それにしても辛いことです、怠惰を逭《のが》れるすべがない！

秋になる朝

たつたこの間まで、四時には明るくなつたのが
五時になつてもまだ暗い、秋来る頃の
あの頃のひきあけ方のかなしさよ。

ほのしらむ、稲穂にとんぼとびかよひ
何事もなかつたかのやう百姓は
朝露に湿つた草鞋《わらじ》蹈《ふ》みしめて。

僕達はまだ睡い、睡気で頭がフラフラだ、それなのに

涼風は、おまへの瞳をまばたかせ、あの頃の涼風は
たうもろこしの葉やおまへの指股に浮かぶ汗の味がする
やがて工場の煙突は、朝空に、ばらの煙をあげるのだ。

恋人よ、あの頃の朝の涼風は、
たうもろこしの葉やおまへの指股に浮かぶ汗の匂ひがする
さうして僕は思ふのだ、希望は去つた、……忍従が残る。
忍従が残る、忍従が残ると。

冬の夜

みなさん今夜は静かです
薬鑵《やくわん》の音がしてゐます
僕は女を想つてる
僕には女がないのです

それで苦労もないのです
えもいはれない弾力の
空気のやうな空想に
女を描いてみてゐるのです

えもいはれない弾力の
澄み亙《わた》つたる夜《よ》の沈黙《しじま》
薬鑵の音を聞きながら
女を夢みてゐるのです

かくて夜は更け夜は深まつて
犬のみ覚めたる冬の夜は
影と煙草と僕と犬
えもいはれないカクテールです

2

空気よりよいものはないのです
それも寒い夜の室内の空気よりもよいものはないのです
煙よりよいものはないのです

煙より　愉快なものもないのです
やがてはそれがお分りなのです
同感なさる時が　来るのです

空気よりよいものはないのです
寒い夜の痩せた年増女《としま》の手のやうな
その手の弾力のやうな　やはらかい　またかたい
かたいやうな　その手の弾力のやうな
煙のやうな　その女の情熱のやうな
炎《も》えるやうな　消えるやうな
冬の夜の室内の　空気よりよいものはないのです

或る夜の幻想（1・3）

1　彼女の部屋

彼女には
美しい洋服簞笥《やうふくだんす》があつた
その簞笥は
かはたれどきの色をしてゐた

彼女には
書物や

其《そ》の他色々のものもあつた
が、どれもその箪笥に比べては美しくもなかつたので
彼女の部屋には箪笥だけがあつた

それで洋服箪笥の中は
本でいつぱいだつた

3 彼女

野原の一隅には杉林があつた。
なかの一本がわけても聳《そび》えてゐた。
或る日彼女はそれにのぼつた。
下りて来るのは大変なことだつた。

それでも彼女は、媚態《びたい》を棄てなかつた。
一つ一つの挙動は、まことみごとなうねりであつた。
夢の中で、彼女の臍《おへそ》は、
背中にあつた。

（おまへが花のやうに）

おまへが花のやうに
淡鼠《うすねず》の絹の靴下穿《は》いた花のやうに
松並木《まつなみき》の開け放たれた道をとほつて
日曜の朝陽を受けて、歩んで来るのが、

僕にみえだすと僕は大変、
狂気のやうになるのだつた
それから僕等磧《かはら》に坐つて
話をするのであつたつけが

思へば僕は一度だつて
素直な態度をしたことはなかつた
何時でもおまへを小突《こづ》いてみたり
いたづらばつかりするのだつたが

今でもあの時僕らが坐つた
磧の石は、あのまゝだらうか
草も今でも生えてゐようか
誰か、それを知つてるものぞ！

おまへはその後どこに行つたか
おまへは今頃どうしてゐるか
僕は何にも知りはしないぞ
そんなことつて、あるでせうかだ

そんなことつてあつてもなくても
おまへは今では赤の他人
何処で誰に笑つてゐるやら
今も香水つけてゐるやら

（一九三五・一・一一）

初恋集

すずえ

それは実際あつたことでせうか
それは実際あつたことでせうか
僕とあなたが嘗《かつ》ては愛した？
あゝそんなことが、あつたでせうか。

あなたはその時十四でした
僕はその時十五でした

冬休み、親戚で二人は会つて
ほんの一週間、一緒に暮した

あゝそんなことがあつたでせうか
あつたには、ちがひないけど
どうもほんとと、今は思へぬ
あなたの顔はおぼえてゐるが

あなたはその後遠い国に
お嫁に行つたと僕は聞いた
それを話した男といふのは
至《し》極《ごく》普通の顔付してゐた

それを話した男といふのは

至極普通の顔してゐたやう
子供も二人あるといつた
亭主は会社に出てるといつた

（一九三五・一・一）

むつよ

あなたは僕より年が一つ上で
あなたは何かと姉さんぶるのでしたが
実は僕の方がしつかりしてると
僕は思つてゐたのでした

ほんに、思へば幼い恋でした
僕が十三で、あなたが十四だつた。
その後、あなたは、僕を去つたが

僕は何時まで、あなたを思つてゐた……

それから暫《しばら》くしてからのこと、
野原に僕の家《うち》の野羊《やぎ》が放してあつたのを
あなたは、それが家《うち》のだとしらずに、
それと、暫く遊んでゐました

僕は背戸《せど》から、見てゐたのでした。
僕がどんなに泣き笑ひしたか、
野原の若草に、夕陽が斜めにあたつて
それはそれは涙のやうな、きれいな夕方でそれはあつた。

（一九三五・一・一一）

終歌

噛んでやれ。叩いてやれ。
吐《ほ》き出してやれ。
吐《ほ》き出してやれ！

噛んでやれ。（マシマロやい。）
噛んでやれ。
吐《ほ》き出してやれ！

（懐かしや。恨めしや。）
今度会つたら、
どうしよか？

嚙んでやれ。嚙んでやれ。
叩いて、叩いて、
叩いてやれ！

（一九三五・一・一一）

雲

山の上には雲が流れてゐた
あの山の上で、お弁当を食つたこともある……
女の子なぞといふものは
由来桜の花弁《はなびら》のやうに、
欣《よろこ》んで散りゆくものだ

近い過去も遠いい過去もおんなじこつた
近い過去はあんまりまざまざ顕現するし

遠いい過去はあんまりもう手が届かない

山の上に寝て、空をみるのも
此処《ここ》にゐて、あの山をみるのも
所詮は同じ、動くな動くな

あゝ、枯草を背に敷いて
やんわりぬくもつてゐることは
空の青が、少しく冷たくみえることは
煙草を喫ふなぞといふことは
世界的幸福である

含羞《はぢらひ》

——在りし日の歌——

なにゆゑにこゝろかくは羞《は》ぢらふ
秋　風白き日の山かげなりき
椎の枯葉の落窪に
幹々は　いやにおとなび彳《た》ちゐたり
枝々の　拱《く》みあはすあたりかなしげの
空は死児等の亡霊にみち　まばたきぬ
をりしもかなた野のうへは
あすとらかんのあはひ縫ふ　古代の象の夢なりき

椎の枯葉の落窪に
幹々は　いやにおとなびイちゐたり
その日　その幹の隙《ひま》　睦みし瞳
姉らしき色　きみはありにし

その日　その幹の隙《ひま》　睦みし瞳
姉らしき色　きみはありにし
あゝ！　過ぎし日の　仄《ほの》燃えあざやぐをりをりは
わが心　なにゆゑに　なにゆゑにかくは羞ぢらふ……

あばずれ女の亭主が歌つた

おまへはおれを愛してる、一度とて
おれを憎んだためしはない。
おれもおまへを愛してる。前世から
さだまつてゐたことのやう。
そして二人の魂は、不識《しらず》に温和に愛し合ふ
もう長年の習慣だ。

それなのにまた二人には、
ひどく浮気な心があつて、
いちばん自然な愛の気持を、
時にうるさく思ふのだ。

佳い香水のかほりより、
病院の、あはい匂ひに慕ひよる。
そこでいちばん親しい二人が、
時にいちばん憎みあふ。

そしてあとでは得態《えたい》の知れない
悔の気持に浸るのだ。

あゝ、二人には浮気があつて、
それが真実《ほんと》を見えなくしちまふ。

佳い香水のかほりより、
病院の、あはい匂ひに慕ひよる。

米子

二十八歳のその処女《むすめ》は、
肺病やみで、腓《ひ》は細かつた。
ポプラのやうに、人も通らぬ
歩道に沿つて、立つてゐた。

処女《むすめ》の名前は、米子と云つた。
夏には、顔が、汚れてみえたが、
冬だの秋には、きれいであつた。
――かぼそい声をしてをつた。

二十八歳のその処女《むすめ》は、
お嫁に行けば、その病気は
癒《なほ》るかに思はれた。と、さう思ひながら
私はたびたび処女《むすめ》をみた……

しかし一度も、さうと口には出さなかつた。
別に、云ひ出しにくいからといふのでもない
云つて却《かへ》つて、落胆させてはと思つたからでもない、
なぜかしら、云はずじまひであつたのだ。

二十八歳のその処女《むすめ》は、
歩道に沿つて立つてゐた、
雨あがりの午後、ポプラのやうに。
――かぼそい声をもう一度、聞いてみたいと思ふのだ……

少女と雨

少女がいま校庭の隅に佇《たたず》んだのは
其処《そこ》は花畑があつて菖蒲《しやうぶ》の花が咲いてるからです

菖蒲の花は雨に打たれて
音楽室から来るオルガンの　音を聞いてはゐませんでした

しとしとと雨はあとからあとから降つて
花も葉も畑の土ももう諦めきつてゐます

その有様をジッと見てると
なんとも不思議な気がして来ます
山も校舎も空の下《もと》に
やがてしづかな回転をはじめ
花畑を除く一切のものは
みんなとつくに終つてしまつた　夢のやうな気がしてきます

第三章　悲しむ

朝の歌

天井に　朱《あか》きいろいで
戸の隙を　洩れ入る光、
鄙《ひな》びたる　軍楽の憶ひ
手にてなす　なにごともなし。

小鳥らの　うたはきこえず
空は今日　はなだ色らし、
倦《う》んじてし　人のこころを
諫《いさ》めする　なにものもなし。

樹脂《じゆし》の香に　朝は悩まし
　うしなひし　さまざまのゆめ、
森竝《もりなみ》は　風に鳴るかな

ひろごりて　たひらかの空、
　土手づたひ　きえてゆくかな
うつくしき　さまざまの夢。

悲しき朝

河瀬の音が山に来る、
春の光は、石のやうだ。
筧《かけひ》の水は、物語る
白髪の嫗《おうな》にさも肖《に》てる。

雲母の口して歌つたよ、
背《うし》ろに倒れ、歌つたよ、
心は涸《か》れて皺枯《しわが》れて、
巌《いはほ》の上の、綱渡り。

知れざる炎、空にゆき！

響の雨は、濡れ冠る！

…………………

われかにかくに手を拍く……

サーカス

幾時代かがありまして
　茶色い戦争ありました

幾時代かがありまして
　冬は疾風吹きました

幾時代かがありまして
　今夜此処《ここ》での一《ひ》と殷盛《さか》り
　　今夜此処での一と殷盛り

サーカス小屋は高い梁《はり》
　そこに一つのブランコだ
見えるともないブランコだ

頭倒《さか》さに手を垂れて
　汚れ木綿の屋蓋《やね》のもと
ゆあーん　ゆよーん　ゆやゆよん

それの近くの白い灯が
　安値《やす》いリボンと息を吐き

観客様はみな鰯《いわし》
　咽喉《のんど》が鳴ります牡蠣殻《かきがら》と
ゆあーん　ゆよーん　ゆやゆよん

屋外《やぐわい》は真ッ闇《くら》 闇《くら》の闇《くら》
夜は劫々と更けまする
落下《らくか》傘《がさ》奴《め》のノスタルヂアと
ゆあーん ゆよーん ゆやゆよん

帰郷

柱も庭も乾いてゐる
今日は好い天気だ
　椽《えん》の下では蜘蛛の巣が
　心細さうに揺れてゐる

山では枯木も息を吐《つ》く
あゝ今日は好い天気だ
　路傍《みちばた》の草影が
　あどけない愁《かな》しみをする

これが私の故里《ふるさと》だ
さやかに風も吹いてゐる
　心置なく泣かれよと
　年増婦《としま》の低い声もする

あゝ　おまへはなにをして来たのだと……
吹き来る風が私に云ふ

黄昏

渋つた仄暗《ほのぐら》い池の面《おもて》で、
寄り合つた蓮の葉が揺れる。
蓮の葉は、図太いので
こそこそとしか音をたてない。

音をたてると私の心が揺れる、
目が薄明るい地平線を逐《お》ふ……
黒々と山がのぞきかかるばつかりだ
――失はれたものはかへつて来ない。

なにが悲しいつたつてこれほど悲しいことはない
草の根の匂ひが静かに鼻にくる、
畑の土が石といつしよに私を見てゐる。
――竟《つひ》に私は耕やさうとは思はない！
ぢいつと茫然黄昏《ぼんやりたそがれ》の中に立つて、
なんだか父親の映像が気になりだすと一歩二歩歩みだすばかりです

冷酷の歌

1

ああ、神よ、罪とは冷酷のことでございました。
泣きわめいてゐる心のそばで、
買物を夢みてゐるあの裕福な売笑婦達は、
罪でございます、罪以外の何者でもございません。

そしてそれが恰度《ちやうど》私に似てをります、
貪婪《どんらん》の限りに夢をみながら
一番分りのいい俗な瀟洒《せうしや》の中を泳ぎながら、

今にも天に昇りさうな、枠のやうな胸で思ひあがつてをります。

伸びたいだけ伸《の》んで、拡がりたいだけ拡がつて、
恰度紫の朝顔の花かなんぞのやうに、
朝は露に沾《うるほ》ひ、朝日のもとに笑《ゑみ》をひろげ、

夕は泣くのでございます、獣のやうに。
獣のやうに嗜《し》慾《よく》のうごめくまゝにうごいて、
その末は泣くのでございます、肉の痛みをだけ感じながら。

2

絶えざる苛責《かしやく》といふものが、それが
どんなに辛いものかが分るか?

おまへの愚かな精力が尽きるまで、

恐らくそれはおまへに分りはしない。
けれどもいづれおまへにも分る時は来るわけなのだが、
その時に辛からうよ、おまへ、辛からうよ、

絶えざる苛責といふものが、それが
どんなに辛いか、もう既に辛い私を
おまへ、見るがいい、よく見るがいい、
ろくろく笑へもしない私を見るがいい!

3

人には自分を紛らはす力があるので、
人はまづみんな幸福さうに見えるのだが、

人には早晩紛らはせない悲しみがくるのだ。
悲しみが自分で、自分が悲しみの時がくるのだ。

長い懶《ものう》い、それかといつて自滅することも出来ない、
さういふ惨《いたま》しい時が来るのだ。

悲しみは執《しつ》ッ固《こ》くてなほも悲しみ尽さうとするから、
悲しみに入つたら最後休《や》む時がない！

理由がどうであれ、人がなんと謂《い》へ、
悲しみが自分であり、自分が悲しみとなつた時、

人は思ひだすだらう、その白けた面の上に
涙と微笑とを浮べながら、聖人たちの古い言葉を。

そして今猶《なほ》走り廻る若者達を見る時に、
忌《いま》はしくも忌はしい気持に浸ることだらう、
嗚呼《ああ》！その時に、人よ苦しいよ、絶えいるばかり、
人よ、苦しいよ、絶えいるばかり……

4

夕暮が来て、空気が冷える、
物音が微妙にいりまじつて、しかもその一つ一つが聞える。
お茶を注ぐ、煙草を吹かす、薬鑵《やくわん》が物憂い唸りをあげる。
床や壁や柱が目に入る、そしてそれだけだ、それだけだ。
神様、これが私の只今でございます。
薔薇《ばら》と金毛とは、もはや煙のやうに空にゆきました。
いいえ、もはやそれのあつたことさへが信じきれないで、

私は疑ひぶかくなりました。
萎《しを》れた葱《ねぎ》か韮《にら》のやうに、ああ神様、
私は疑ひのために死ぬるでございませう。

夏

血を吐くやうな　倦《もの》うさ、たゆけさ
今日の日も畑に陽は照り、麦に陽は照り
睡《ねむ》るがやうな悲しさに、み空をとほく
血を吐くやうな倦うさ、たゆけさ

空は燃え、畑はつづき
雲浮び、眩《まぶ》しく光り
今日の日も陽は炎《も》ゆる、地は睡る
血を吐くやうなせつなさに。

嵐のやうな心の歴史は
終焉《をは》つてしまつたもののやうに
そこから繰《たぐ》れる一つの緒《いとぐち》もないもののやうに
燃ゆる日の彼方《かなた》に睡る。

私は残る、亡骸《なきがら》として――
血を吐くやうなせつなさかなしさ。

心象

I

松の木に風が吹き、
踏む砂利の音は寂しかつた。
暖い風が私の額を洗ひ
思ひははるかに、なつかしかつた。

腰をおろすと、
浪の音がひときは聞えた。
星はなく

空は暗い綿だつた。

とほりかかつた小舟の中で
船頭がその女房に向つて何かを云つた。
——その言葉は、聞きとれなかつた。
浪の音がひときはきこえた。

II

亡びたる過去のすべてに
涙湧く。
城の塀乾きたり
風の吹く
草靡《なび》く

丘を越え、野を渉《わた》り
憩ひなき
白き天使のみえ来ずや

あはれわれ死なんと欲す、
あはれわれ生きむと欲す
あはれわれ、亡びたる過去のすべてに

涙湧く。
み空の方より、
風の吹く

冬の雨の夜

冬の黒い夜をこめて
どしやぶりの雨が降つてゐた。
――夕明下《ゆふあかりか》に投げいだされた、萎《しを》れ大根《だいこ》の陰惨さ、
あれはまだしも結構だつた――
今や黒い冬の夜をこめ
どしやぶりの雨が降つてゐる。
亡き乙女達の声さへがして
aé ao, aé ao, éo, aéo éo！
その雨の中を漂ひながら

いつだか消えてなくなつた、あの乳白の貯嚢《へうなう》たち……
今や黒い冬の夜をこめ
どしやぶりの雨が降つてゐて、
わが母上の帯締めも
雨水《うすゐ》に流れ、潰れてしまひ、
人の情けのかずかずも
竟《つひ》に密柑《みかん》の色のみだつた？……

宿酔

朝、鈍い日が照つてて
　風がある。
千の天使が
　バスケットボールする。
私は目をつむる、
　かなしい酔ひだ。
もう不用になつたストーヴが
　白つぽく銹《さ》びてゐる。

朝、鈍い日が照ってて
風がある。
千の天使が
バスケットボールする。

北の海

海にゐるのは、
あれは人魚ではないのです。
海にゐるのは、
あれは、浪ばかり。

曇つた北海の空の下、
浪はところどころ歯をむいて、
空を呪つてゐるのです。
いつはてるとも知れない呪。

海にゐるのは、
あれは人魚ではないのです。
海にゐるのは、
あれは、浪ばかり。

朝鮮女

朝鮮女《をんな》の服の紐
秋の風にや縒《よ》れたらん
街道を往くをりをりは
子供の手をば無理に引き
額顰《しか》めし汝《な》が面《おも》ぞ
肌赤銅の乾物《ひもの》にて
なにを思へるその顔ぞ
——まことやわれもうらぶれし
こころに呆《はう》け見ゐたりけむ

われを打見ていぶかりて
子供うながし去りゆけり……
軽く立ちたる埃《ほこり》かも
何をかわれに思へとや
軽く立ちたる埃かも
何をかわれに思へとや……
………………

初夏の夜

また今年《こんねん》も夏が来て、
夜は、蒸気で出来た白熊が、
沼をわたつてやつてくる。
――色々のことがあつたんです。
色々のことをして来たものです。
嬉しいことも、あつたのですが、
回想されては、すべてがかなしい
鉄製の、軋音《あつおん》さながら
なべては夕暮迫るけはひに

幼年も、老年も、青年も壮年も、
共々に余りに可憐な声をばあげて、
薄暮の中で舞ふ蛾の下で
はかなくも可憐な顎《あご》をしてゐるのです。
されば今夜《こんや》六月の良夜《あたらよ》なりとはいへ、
遠いい物音が、心地よく風に送られて来るとはいへ、
なにがなし悲しい思ひであるのは、
消えたばかしの鉄橋の響音、
大河《おほかは》の、その鉄橋の上方に、空はぼんやりと石盤色であるのです。

詩人は辛い

私はもう歌なぞ歌はない
誰が歌なぞ歌ふものか

みんな歌なぞ聴いてはゐない
聴いてるやうなふりだけはする

みんなたゞ冷たい心を持つてゐて
歌なぞどうだつたつてかまはないのだ

それなのに聴いてるやうなふりはする
そして盛んに拍手を送る

拍手を送るからもう一つ歌はうとすると
もう沢山といった顔

私はもう歌なぞ歌はない
こんな御都合な世の中に歌なぞ歌はない

（一九三五・九・一九）

青い瞳

1　夏の朝

かなしい心に夜が明けた、
　うれしい心に夜が明けた、
いいや、これはどうしたといふのだ？
　さてもかなしい夜の明けだ！

青い瞳は動かなかつた、
　世界はまだみな眠つてゐた、
さうして『その時』は過ぎつつあつた、

あゝ、遐《とほ》い遐い話。

青い瞳は動かなかつた、
――いまは動いてゐるかもしれない……
青い瞳は動かなかつた、
いたいたしくて美しかつた！

私はいまは此処《ここ》にゐる、黄色い灯影に。
あれからどうなつたのかしらない……
あゝ、『あの時』はあゝして過ぎつゝあつた！
碧《あを》い、噴き出す蒸気のやうに。

2　冬の朝

それからそれがどうなつたのか……
それは僕には分らなかつた

とにかく朝霧罩《こ》めた飛行場から
機影はもう永遠に消え去つてゐた。
あとには残酷な砂礫だの、雑草だの
頬を裂《き》るやうな寒さが残つた。
——こんな残酷な空寞《くうばく》たる朝にも猶《なほ》
人は人に笑顔を以て対さねばならないとは
なんとも情ないことに思はれるのだつたが
それなのに其処《そこ》でもまた
笑ひを沢山湛《たた》えた者ほど
優越を感じてゐるのであつた。
陽は霧に光り、草葉の霜は解け、
遠くの民家に鶏《とり》は鳴いたが、
霧も光も霜も鶏も
みんな人々の心には沁《し》まず、
人々は家に帰つて食卓についた。

（飛行場に残つたのは僕、
バットの空箱《から》を蹴つてみる）

頑是ない歌

思へば遠く来たもんだ
十二の冬のあの夕べ
港の空に鳴り響いた
汽笛の湯気《ゆげ》は今いづこ

雲の間に月はゐて
それな汽笛を耳にすると
竦然《しようぜん》として身をすくめ
月はその時空にゐた

それから何年経つたことか
汽笛の湯気を茫然と
眼で追ひかなしくなつてゐた
あの頃の俺はいまいづこ

今では女房子供持ち
思へば遠く来たもんだ
此の先まだまだ何時までか
生きてゆくのであらうけど

生きてゆくのであらうけど
遠く経て来た日や夜《よる》の
あんまりこんなにこひしゆては
なんだか自信が持てないよ

さりとて生きてゆく限り
結局我《が》ゝ張《ば》る僕の性質《さが》
と思へばなんだか我ながら
いたはしいよなものですよ

考へてみればそれはまあ
結局我ゝ張るのだとして
昔恋しい時もあり　そして
どうにかやつてはゆくのでせう

考へてみれば簡単だ
畢竟《ひつきやう》　意志の問題だ
なんとかやるより仕方もない
やりさへすればよいのだと

思ふけれどもそれもそれ
十二の冬のあの夕べ
港の空に鳴り響いた
汽笛の湯気や今いづこ

冷たい夜

冬の夜に
私の心が悲しんでゐる
悲しんでゐる、わけもなく……
心は錆《さ》びて、紫色をしてゐる。

丈夫な扉の向ふに、
古い日は放心してゐる。
丘の上では
棉《わた》の実が罅《はじ》裂ける。

此処《ここ》では薪が燻《くすぶ》つてゐる、
その煙は、自分自らを
知つてでもゐるやうにのぼる。
誘はれるでもなく
覓《もと》めるでもなく、
私の心が燻る……

雪の賦

雪が降るとこのわたくしには、人生が、
かなしくもうつくしいものに――
憂愁にみちたものに、思へるのであつた。

その雪は、中世の、暗いお城の塀にも降り、
大高源吾《おほたかげんご》の頃にも降つた……

幾多《あまた》々々の孤児の手は、
そのためにかじかんで、

都会の夕べはそのために十分悲しくあつたのだ。

ロシアの田舎の別荘の、
矢来の彼方《かなた》に見る雪は、
うんざりする程永遠で、

雪の降る日は高貴の夫人も、
ちつとは愚痴でもあらうと思はれ……

雪が降るとこのわたくしには、人生が
かなしくもうつくしいものに――
憂愁にみちたものに、思へるのであつた。

六月の雨

またひとしきり　午前の雨が
菖蒲《しやうぶ》のいろの　みどりいろ
眼《まなこ》うるめる　面長き女《ひと》
たちあらはれて　消えてゆく

たちあらはれて　消えゆけば
うれひに沈み　しとしとと
畠《はたけ》の上に　落ちてゐる
はてしもしれず　落ちてゐる

お太鼓叩いて　笛吹いて
あどけない子が　日曜日
畳の上で　遊びます

お太鼓叩いて　笛吹いて
遊んでゐれば　雨が降る
櫺子《れんじ》の外に　雨が降る

酒場にて（定稿）

今晩あゝして元気に語り合つてゐる人々も、
実は、元気ではないのです。

近代《いま》といふ今は尠《すくな》くも、
あんな具合な元気さで
ゐられる時代《とき》ではないのです。

諸君は僕を、「ほがらか」でないといふ。
しかし、そんな定規みたいな「ほがらか」なんぞはおやめなさい。

ほがらかとは、恐らくは、
悲しい時には悲しいだけ
悲しんでられることでせう？

されば今晩かなしげに、かうして沈んでゐる僕が、
輝き出でる時もある。

さて、輝き出でるや、諸君は云ひます、
「あれでああなのかねえ、
不思議みたいなもんだねえ」。

が、冗談ぢやない、
僕は僕が輝けるやうに生きてゐた。

（一九三六・一〇・一）

また来ん春……

また来ん春と人は云ふ
しかし私は辛いのだ
春が来たつて何になろ
あの子が返つて来るぢやない

おもへば今年の五月には
おまへを抱いて動物園
象を見せても猫《にやあ》といひ
鳥を見せても猫《にやあ》だつた

最後にみせた鹿だけは
角によつぽど惹かれてか
何とも云はず　眺めてた
ほんにおまへもあの時は
此の世の光のたゞ中に
立つて眺めてゐたつけが……

月の光　その一

月の光が照つてゐた
月の光が照つてゐた

　お庭の隅の草叢《くさむら》に
隠れてゐるのは死んだ児だ

月の光が照つてゐた
月の光が照つてゐた

おや、チルシスとアマントが
芝生の上に出て来てる

ギタアを持つては来てゐるが
おつぽり出してあるばかり

月の光が照つてゐた
月の光が照つてゐた

月の光　その二

おゝチルシスとアマントが
庭に出て来て遊んでる
ほんに今夜は春の宵
なまあつたかい靄《もや》もある
月の光に照らされて
庭のベンチの上にゐる

ギタアがそばにはあるけれど
いつから弾き出しさうもない

芝生のむかふは森でして
とても黒々してゐます

おゝチルシスとアマントが
こそこそ話してゐる間

森の中では死んだ子が
蛍のやうに蹲《しやが》んでる

夏の夜の博覧会はかなしからずや

夏の夜の、博覧会は、哀しからずや
雨ちよと降りて、やがてもあがりぬ
夏の夜の、博覧会は、哀しからずや

女房買物をなす間、かなしからずや
象の前に余と坊やとはゐぬ
二人蹲《しやが》んでゐぬ、かなしからずや、やがて女房きぬ

三人博覧会を出でぬかなしからずや

不忍《しのばず》ノ池の前に立ちぬ、坊や眺めてありぬ
そは坊やの見し、水の中にて最も大なるものなりきかなしからずや、
髪毛風に吹かれつ
見てありぬ、見てありぬ、
それより手を引きて歩きて
広小路に出でぬ、かなしからずや
広小路にて玩具を買ひぬ、兎の玩具かなしからずや

2

その日博覧会に入りしばかりの刻《とき》は
なほ明るく、昼の明《あかり》ありぬ、
われら三人《みたり》飛行機にのりぬ

例の廻旋する飛行機にのりぬ
飛行機の夕空にめぐれば、
四囲の燈光また夕空にめぐりぬ

夕空は、紺青《こんじやう》の色なりき
燈光は、貝釦《かひボタン》の色なりき

その時よ、坊や見てありぬ
その時よ、めぐる釦を
その時よ、坊やみてありぬ
その時よ、紺青の空!

（一九三六・一二・二四）

冬の長門峡

長門峡に、水は流れてありにけり。
寒い寒い日なりき。

われは料亭にありぬ。
酒酌《く》みてありぬ。

われのほか別に、
客とてもなかりけり。

水は、恰《あたか》も魂あるものの如く、
流れ流れてありにけり。
やがても密柑《みかん》の如き夕陽、
欄干にこぼれたり。
あゝ！　――そのやうな時もありき、
寒い寒い　日なりき。

子守唄よ

母親はひと晩ぢう、子守唄をうたふ
母親はひと晩ぢう、子守唄をうたふ
然しその声は、どうなるのだらう？
たしかにその声は、海越えてゆくだらう？
暗い海を、船もゐる夜の海を
そして、その声を聴届けるのは誰だらう？
それは誰か、ゐるにはゐると思ふけれど
しかしその声は、途中で消えはしないだらうか？
たとへ浪は荒くはなくともたとへ風はひどくはなくとも

その声は、途中で消えはしないだらうか?

母親はひと晩ぢう、子守唄をうたふ
母親はひと晩ぢう、子守唄をうたふ
淋しい人の世の中に、それを聴くのは誰だらう?
淋しい人の世の中に、それを聴くのは誰だらう?

中原中也年譜

明治四〇年（一九〇七）　〇歳

四月二九日、山口県吉敷《よしき》郡下宇《しもう》野令《のりょう》村第三四〇番屋敷（現山口市湯田温泉一丁目）に、父謙助（三〇歳）、母フク（二七歳）の長男として生まれる。当時、謙助は陸軍軍医として中国の旅順に駐屯していた。フクは中也の祖父中原政熊の養女。政熊に子がなかったため、兄の中原助之とスヱの次女フクが養女とされ、後に謙助が婿に迎えられた。政熊は湯田医院を営み、妻コマとともにカトリック教徒だった。結婚当初、謙助は中原姓を名のらず、野村姓、ほどなく柏村姓を称した。一一月、フクは中也を連れて旅順に赴く。明治四二年、謙助、広島衛戍病院付となり、家族は広島へ移る。四三年、次男亜郎《あろう》生まれる。四四年、四歳の時広島女学校附属幼稚園に入園。三男恰三《こうぞう》生まれる。四五年、謙助、歩兵第三五連隊付となり、金沢に移る。大正二年、六歳のとき北陸女学校附属第一幼稚園に入園。四男思郎《しろう》生まれる。

大正三年（一九一四）　七歳

三月、謙助が朝鮮に転任したため、中也は母・弟たちとともに山口に帰る。四月、下宇野令尋常高等小学校に入学。まもなく周囲から神童と呼ばれるようになる。

大正四年（一九一五）　八歳

一月、弟亜郎四歳で死去。後年中也は、このとき亡弟を歌ったのが最初の詩作としている（「詩的履歴書」）。両親の躾が厳しく、倉に閉じ込められたり、川での水泳を禁じられる。一〇月、謙助、政熊・コマと養子縁組をして中原姓となり、中也たちも中原姓と改める。

大正五年（一九一六）　九歳

五男呉郎《ごろう》生まれる。

大正六年（一九一七）　十歳

四月、謙助は予備役編入となり、中原家の家業

（当時「湯田医院」、後「中原医院」）を継ぐ。

大正七年（一九一八）　十一歳
二月、六男拾郎《じゅうろう》生まれる。五月、山口師範学校附属小学校へ転校。成績は優秀だが、体操・唱歌は不得意。詩の好きな教生後藤信一に遇う。

大正八年（一九一九）　十二歳
作文を得意とし、このころすでに新体詩を制作している。

大正九年（一九二〇）　十三歳
二月、「婦人画報」「防長新聞」に短歌が入選し、以後一九二三年まで「防長新聞」に投稿を続け、八十余首が入選し掲載されている。四月、県立山口中学校に一九三名中一二番の成績で入学。まもなく読書に熱中し、学業を怠るようになり成績が落ちる。この夏と冬、門司の野村家に行く。

大正一〇年（一九二一）　十四歳
四月、井尻民男が寄寓し中也の家庭教師となるが、成績は回復せず、一学期末には一二〇番まで下がる。五月、祖父政熊死去（六六歳）し、教会葬を行う。神父はビリオン神父。夏休みに「中原家累代之墓」および「中原政熊夫婦之墓」の碑銘を書く（「中原家累代之墓」は一九二九年、父謙助の一周忌に建てられた）。この年、弁論部に入部。

大正一一年（一九二二）　十五歳
四月、家庭教師が村重正夫に代わり、ますます文学に熱中する。友人との共著で歌集『末黒野《すぐろの》』を私家版として刊行。「温泉集」と題して二八首を収録。この夏休み中、大分の西光寺（浄土真宗・住職は東陽円成）で修養生活を送る。帰宅後しばらくは「南無阿弥陀仏」を頻繁に唱える。十二月、再び西光寺へ一人で行く。

大正一二年（一九二三）　十六歳
三月、山口中学を落第。四月、京都の立命館中学第三学年に編入。「大正十二年春、文学に耽りて落第す。京都立命館中学に転校する。生れて始めて両親を離れ、飛び立つ思ひなり」（「詩的履歴書」）。この後、京都を転々と移る。秋、高橋新吉の詩集『ダダイスト新吉の詩』を読んで感銘。十二月、「大空詩人」と呼ばれた永井叔《よし》の紹介で、劇団「表現座」の女優、長谷川泰子を知る。

大正一三年（一九二四）　十七歳

四月、立命館中学第四学年に進級。この月、北区大将軍西町椿寺南裏に転居。立命館中学講師冨倉徳次郎を知る。同月、長谷川泰子と同棲を始める。「ノート1924」の使用を開始。七月、正岡忠三郎を知る。このころ、正岡の紹介で京都に来た詩人富永太郎を知る。「彼より仏国詩人等の存在を学ぶ」（「詩的履歴書」）。十月、このころ、富永太郎の下宿近くに転居。以後頻繁に往来。この年、ダダイズムの詩や、小説、戯曲の習作がある。秋、「詩の宣言」を執筆。十一月、富永の村井康男宛書簡に「ダヾイストとの Degout に満ちた amitie に淫して四十日を徒費した」との言及があり、このころから二人の関係は悪くなっていく。十二月、富永太郎帰京。

大正一四年（一九二五）　十八歳

三月十日、長谷川泰子とともに上京。戸塚に下宿。早稲田高等学院、日本大学予科を受験する予定だったが、受験日に遅刻するなどして受けられなかった。その後帰省して、東京で予備校に通う許可を得る。四月、富永太郎の紹介で小林秀雄を知る。五月、小林の家の近く、高円寺に転居。一〇月「秋の愁嘆」を書く。一一月、富永太郎死去、二四歳。同月、泰子、小林のもとへ去る。中也は中野に転居。しかし、その後も中也・小林・泰子の「奇怪な三角関係」（小林秀雄）は続く。この年の暮か翌年初めごろ、宮沢賢治の詩集『春と修羅』を購入、以後愛読書となる。

大正一五・昭和元年（一九二六）　十九歳

二月「むなしさ」を書く。四月、日本大学予科文科に入学。五―八月にかけて「朝の歌」を書く。九月、家に無断で日大を退学。その後、アテネ・フランセに通う。一一月「夭折した富永」を「山繭」に発表。この年「臨終」を書く。

昭和二年（一九二七）　　二十歳

春、河上徹太郎を知る。八月二〇日、『富永太郎詩集』（私家版）刊行。「無題（疲れた魂と心の上に……）」。九月に辻潤、一〇月に高橋新吉を訪問。一一月、河上の紹介で作曲家諸井三郎を知り、音楽団体「スルヤ」との交流始まる。この年、「ノート小年時」の使用を開始。

昭和三年（一九二八）　　二一歳

一月「幼なかりし日」を書く。同月、スルヤ同人の作曲家内海誓《うつみ》一郎を知る。三月、小林秀雄の紹介で大岡昇平を知る。五月、「スルヤ」第二回発表会で「臨終」「朝の歌」（諸井三郎作曲）が初演される。同月、父謙助死去、五一歳。喪主であったが、母フクの意向に従い参列しなかった。五月、小林は長谷川泰子と別れ、奈良へ去る。泰子はその後もたびたび中也と会うが、二人は再び同居することはなかった。同月、阿部六郎を知る。九月、大岡昇平の紹介により安原喜弘を知る。同月、下高井戸に転居。関口隆克、石田五郎と共同生活を始める。一二月「女よ」を書く。

昭和四年（一九二九）　　二二歳

一月「幼年囚の歌」。同月、阿部六郎の近く、渋谷に転居。四月、河上徹太郎・阿部六郎・安原喜弘・古谷綱武・大岡昇平らと同人誌「白痴群」を創刊。翌年六月発行の六号で廃刊になるまで「寒い夜の自我像」「修羅街輓歌」「妹よ」など、後に『山羊の歌』に収録される二十余篇を発表。四月中旬、渋谷百軒店で飲食後、帰宅途中で民家の軒灯のガラスを割り、渋谷警察署の留置所に一五日間拘留される。五月、泰子と京都へ行く。七月、古谷綱武の紹介で彫刻家高田博厚を知る。高田のアトリエの近く、中高井戸に移転後頻繁にアトリエに通う。高田の紹介で「生活者」九月号に、「月」他六篇、続いて一〇月号に「無題」（後、「サーカス」と改題）他五篇を掲載。これらのほとんどは『山羊の歌』に収録。この年から、ヴェルレーヌ「トリスタン・コルビエール」（「社会及国家」一一月号）など、翻訳の発表始まる。この年、「ノート翻訳詩」の使用開始。

昭和五年（一九三〇）　二三歳

一月、「白痴群」第五号発行。四月、「白痴群」第六号をもって廃刊。五月、「スルヤ」第五回発表会で「帰郷」「失せし希望」（内海誓一郎作曲）「老いたる者をして」（諸井三郎作曲）が歌われる。八月、内海誓一郎の近く、代々木に転居。九月、中央大学予科に編入学。フランス行きの手段として外務書記生を志し、東京外国語学校入学の資格を得ようとした。秋、吉田秀和を知り、フランス語を教える。一二月、長谷川泰子、築地小劇場の演出家山川幸世の子茂樹を生み、中也が名付け親となる。

昭和六年（一九三一）　二四歳

この年から翌七年まで詩作はほとんどなし。二月、高田博厚渡仏。長谷川泰子とともに東京駅で見送る。四月、東京外国語学校専修科仏語に入学。五月、青山二郎を知る。七月、千駄ヶ谷に転居。九月、弟恰三死去、一九歳。戒名は秋岸清涼居士。葬儀のため帰省。一〇月、小林佐規子（長谷川泰子）「グレタ・ガルボに似た女性」の審査で一等に当選。冬、高森文夫を知る。

昭和七年（一九三二）　二五歳

四月、『山羊の歌』の編集を始める。五月頃から自宅でフランス語の個人教授を始める。六月、『山羊の歌』予約募集の通知を出し、一〇名程度の申し込みがあった。七月に第二回の予約募集を行うが結果は変わらなかった。八月、宮崎の高森文夫宅へ行き、高森とともに青島、天草、長崎へ旅行する。この後、馬込町北千束の高森文夫の伯母の淵江方に転居。高森とその弟の淳夫が同居。九月、祖母スヱ（フクの実母）が死去、七四歳。母からもらった三〇〇円で『山羊の歌』の印刷にかかるが、本文を印刷しただけで資金が続かず、印刷し終えた本文と紙型を安原喜弘に預ける。一二月、『ゴッホ』（玉川大学出版部）を刊行。著者名義は安原喜弘。このころ、高森の伯母を通じて酒場ウィンゾアーの女給洋子（坂本睦子）に結婚を申し込むが断られる。また高森の従妹にも結婚を申し込み断られる。このころ、神経衰弱が極限に達する。高森の伯母が心配して年末フクに手紙を出す。

昭和八年（一九三三）　二六歳

三月、東京外国語学校専修科仏語修了。四月、『山羊の歌』を芝書店に持ち込むが断られる。五月、牧野信一、坂口安吾の紹介で同人雑誌「紀元」に加わる。六月、「春の日の夕暮」を「半仙戯」に発表。同誌に翻訳などの発表続く。七月、「帰郷」他二篇を「四季」に発表。同月、読売新聞の懸賞小唄「東京祭」に応募したが落選。九月頃、江川書房から『山羊の歌』を刊行する予定だったが実現しなかった。同月、「紀元」創刊号に「凄まじき黄昏」「秋」。以降定期的に詩、翻訳を同誌に発表。一二月、遠縁の上野孝子と結婚（結婚式は湯田温泉の西村屋旅館）。四谷の花園アパートに新居を構える。同アパートには青山二郎が住んでいた。青山の部屋には小林秀雄・河上徹太郎ら文学仲間が集まり、「青山学院」と称された。同月、三笠書房より『ランボオ詩集《学校時代の詩》』を刊行。

昭和九年（一九三四）　二七歳

「紀元」「半仙戯」への詩の発表が続く。「四季」「鶴」「日本歌人」などにも多数発表。二月「ピチベの哲学」、六月「臨終」など。九月、建設社の依頼でランボーの韻文詩の翻訳を始める。同社による『ランボオ全集』全三巻（第一巻　詩　中原中也訳、第二巻　散文　小林秀雄訳、第三巻　書簡　三好達治訳）の出版企画があったためである。中也は暮れに帰省し、翌年三月末上京するまで山口で翻訳を続けたが、この企画は実現しなかった。一〇月一八日長男文也が生まれる。一一月、このころ、「歴程」主催の朗読会で「サーカス」を朗読。草野心平を知る。この月、『山羊の歌』出版が文圃堂に決まる。草野の紹介で、高村光太郎に装幀を依頼。またこのころ、草野の紹介で檀一雄を知り、檀の家で太宰治を知る。一二月、高村光太郎の装幀で文圃堂より『山羊の歌』を刊行。限定二〇〇部。うち、市販一五〇部。発送作業後山口に帰省し、文也と対面する。翌年三月まで滞在し、『ランボオ全集』のための翻訳に専念する。

昭和一〇年（一九三五）　二八歳

二月、祖母コマ死去、七二歳。三月、長門峡に行く。帰りの汽車で吐血。三月末、単身上京。このころ、「四季」「日本歌人」「文学界」「歴程」などに詩・翻訳など多数発表。「むなしさ」、「北の海」、「この小児」など。四月、大島に一泊旅行。このころから翌年七月まで、高森淳夫が同居。六月、日本歌曲新作発表会で「妹よ」「春と赤ッ坊」（諸井三郎作曲）が歌われる。同月、市谷に転居。七月、このころ、宮崎県日向の高森文夫を訪ね、三、四日滞在。八月、孝子と文也を連れて上京。一一月、「妹よ」（諸井三郎作曲）がＪＯＢＫで放送される。一二月、「四季」同人となる。

昭和一一年（一九三六）　二九歳

「四季」「文学界」「改造」「紀元」などに詩・翻訳を多数発表。一月「含羞《はぢらひ》」、六月「六月の雨」（「文学界賞」佳作第一席）、七月「曇天」など。春、文也を連れて動物園に行く。六月、『ランボオ詩抄』を山本書店より刊行。七月、親子三人で「東洋ハーゲンベック大サーカス館」のサーカスを上野へ観に行く。秋、親戚の中原岩三郎の斡旋で日本放送協会への入社話があり面接を受ける。一一月一〇日、文也死去する。死因は小児結核。戒名は文空童子。悲痛甚だしく、忌明けの一二月二八日まで毎日僧侶を呼んで読経してもらう。「文也の一生」を日記に書く。一二月一五日、次男愛雅《よしまさ》生まれる。このころ、「夏の夜の博覧会はかなしからずや」「冬の長門峡」を制作。神経衰弱が昂じる。

昭和一二年（一九三七）　三〇歳

一月九日、千葉市の中村古峡療養所に入院。「千葉寺雑記」また「療養日誌」の使用を開始。入院している間、神経衰弱関連の本を耽読する。自分の病気を省みて「悲しみ呆け」（「療養日誌」）と記述。二月一五日、退院。同二七日、鎌倉の寿福寺境内に転居。「ボン・マルシェ日記」の使用を開始。転居後より鎌倉在住の小林秀雄をはじめ、大岡昇平、今日出海、深田久弥等を頻繁に訪れる。この頃、天主公教会大町教会のジョリー神父を何度か訊ねる。四月、小林秀雄と妙本寺の「日本一の海棠」を見る。同月「また来ん春……」、四月「冬の長門峡」、五月「春日狂想」を発表。七月ごろ、帰郷の意志を友人らに告げる。八月、草野心平がJOAKで「夏(血を吐くやうな)」を朗読。九月一五日、野田書房より『ランボオ詩集』を刊行。同月、関西日仏学館に入会を申し込む。同月、『在りし日の歌』を編集、原稿を清書し、小林秀雄に託す。一〇月五日、結核性脳膜炎を発病。同六日、鎌倉養生院(現清川病院)へ入院。同二二日永眠。同二四日、寿福寺で告別式。葬儀執行委員は、岡田春吉、関口隆克、佐藤正彰、大岡昇平、高橋幸一、青山二郎、小林秀雄、河上徹太郎。戒名は放光院賢空文心居士。同三一日、郷里山口市湯田で葬式。吉敷の経塚墓地にある「中原家累代之墓」に葬られる。

＊

同年一一月発行の「紀元」、一二月発行の「文学界」「四季」「手帖」。昭和一四年四月発行の「歴程」が追悼特集を組んだ。

昭和一三年(一九三八)

一月一二日、愛雅山口で死去。一歳。四月一五日、創元社より『在りし日の歌』(装幀青山二郎)が刊行される。六月に再版が発行される。初版六〇〇部、再版三〇〇部。

昭和一四年(一九三九)

中原中也賞(第一次)創設。選考委員は「四季」同人の堀辰雄・津村信夫・室生犀星・三好達治ら。第一回受賞者は立原道造。

昭和二二年(一九四七)

八月、創元社より、大岡昇平編集『中原中也詩集』刊行。

昭和二六年(一九五一)

四―六月、創元社より『中原中也全集』全三巻(編集委員：小林秀雄・河上徹太郎・大岡昇平・阿部六郎・安原喜弘・中村稔)刊行。

昭和三五年（一九六〇）
三月、角川書店より『中原中也全集』全一巻（編集委員：小林秀雄・河上徹太郎・大岡昇平・中村稔）刊行。

昭和四二年（一九六七）
一〇月、角川書店より『中原中也全集』全五巻・別巻一（編集委員：大岡昇平・中村稔・吉田凞生）刊行開始。本巻は翌年四月完結。別巻は一九七一年五月刊。

平成六年（一九九四）
二月、中原中也記念館が山口市湯田温泉の生家跡に開館。一九九五年、中原中也賞（第二次）が創設される。一九九六年、「中原中也の会」設立。

平成一二年（二〇〇〇）
三月、角川書店より『新編中原中也全集』全五巻・別巻一（編集委員：大岡昇平・吉田凞生・中村稔・宇佐美斉・佐々木幹郎）刊行開始。平成一六年一一月別巻完結。

平成一七年（二〇〇五）
六月、フィリップ・ピキエ社 Edition Philippe Picquier より、フランス語訳『中原中也詩集』（イヴ＝マリ・アリュー Yves - Marie Allioux 訳。発売・中原中也の会）刊行。

平成一九年（二〇〇七）
四月二九日、中原中也生誕百年を迎える。関係各地で生誕百年記念の催しが開催される。

平成二〇年（二〇〇八）
一二月、フランス・パリ日本文化会館とランボーの生誕地・シャルルヴィル＝メジエール市立図書館ホールで、中原中也とランボーをめぐる日仏合同企画・講演とシンポジウムとコンサート（主催／中原中也の会・中原中也記念館・ランボー記念館）が開催される。

（本年譜は、『新編中原中也全集』別巻「中原中也年譜」、および角川文庫版『山羊の歌』他の年譜を参考に、編集部で作成した。）

解説

佐々木幹郎

一人の詩人が詩集を作るとき、過去に書いた作品を編集する作業のなかで、収録できない作品が数多く出てくる。決してそれらは未完成だったり、作者にとって不満足だった作品だけではない。優れた作品でも収録できない場合が多くある。

一冊の詩集には、作品を構成していく上で目に見えない物語が存在していて、その物語の流れに合わない場合は、また同趣向の作品が重なる場合は、詩集から外さざるを得ないのだ。このテーマの作品は、また今後の詩集のために残しておこう、と考える場合もある。そしてそのまま、ついにどの詩集にも収録されることのない作品が生まれる。詩集というのは、一篇の作品とは別の、一つの作品と考えたほうがいい。

一九〇七年（明治四〇）に山口で生まれ、一九三七年（昭和一二）に三〇歳で亡くなった中原中也は、二冊の詩集『山羊の歌』（一九三四年）と『在りし日の歌』

（一九三八年）を残した。この二冊の詩集にも、編集方針によって、残念ながら収録を見合わせたとしか思えない作品が多くある。それらは、雑誌や新聞に発表されただけで終わった「生前発表詩篇」と、中原中也が残した創作ノートや草稿、日記などに記された「未発表詩篇」に分類される。

本書は、中原中也の代表作「汚れっちまった悲しみに……」（『山羊の歌』所収）を序詩とし、『山羊の歌』と『在りし日の歌』に収録された作品を中心に、「生前発表詩篇」、「未発表詩篇」のなかから優れた作品を選び、「生きる」「恋する」「悲しむ」という三つのテーマに分類し、そのテーマごとに、作品を制作年月推定順に構成したアンソロジーである。

人間にとって最も大事な情報とは何だろう。「生きる」こと、「恋する」こと、そして「死ぬ」こと。しかし、生きている人間は「死」を経験することができない。その代り、詩を書くことによって、詩のなかで過去の死者、現在の死者、そして未来の死者までを呼び込んで、それとの対話のなかで言葉を紡ぐことができる。詩はそのように、もともと死者と親しいものである。そのとき、「死」は「悲しむ」感情と同じ位置にあり、「悲しみ」は同時に「生きる」こととつながる。その真ん中にあるのが、人を「恋する」ことだと言えるだろう。

中原中也が編集した二冊の詩集とはまったく別に、彼の詩のなかに頻出し、また詩のテーマとなることが多かった三つの動詞、「生きる」「恋する」「悲しむ」を基軸に、一冊の詩集を編むことができれば、どんな新しい中原中也像が生まれるだろうか。そのことを試みたのが本書である。

もちろん、この三つの章に、すべての収録詩がぴったりと適合しているわけではない。「生きる」の章に収められた作品が「悲しむ」の章にこそふさわしいと思われる読者もいるだろう。「恋する」の章の詩が、「生きる」にも「悲しむ」の章にも重なる場合がある。編者としては、ゆるやかに三つの章に分類したが、それらが透明に重なっていることを感じていただければ十分である。

三つの章ごとに、作品を制作年月推定順に構成してみると、中原中也の詩の言葉が、どのように熟成していったのか、あるいは同じテーマを巡って螺旋階段を登るように繰り返されたのかが、見えてくるだろう。生前の詩人が気づいていたかどうかはわからない。しかし、その詩人の残した詩句が、言葉自体の力で生きもののように生成している様子がわかるだろう。

序詩とした「汚れつちまつた悲しみに……」は、草稿となった原稿用紙が残されていない。中原中也が一九二九年（昭和四）から翌年まで、友人の河上徹太郎らとともに刊行した同人誌「白痴群」の最終号（第六号、一九三〇年四月）に、「落穂集」（全八篇）の連作の一つとして掲載された作品である。タイトルと本文に「汚れつちまつた」とあるが、このことについて中原中也の友人であった小説家・大岡昇平は、山口生まれの中原の「東京弁の促音の使いそこない」であると述べている。同じく中原の友人であった東京神田生まれの批評家・小林秀雄は、詩集『山羊の歌』が刊行された直後の書評で、この詩を記憶のまま引用し、「汚れちまった」と「正しく」書いた。昭和初年代の日本では、東京の共通語と地方の方言とは、現在では考えられないくらい異なっていた。一九二五年（大正一四）に、一七歳のとき上京してきた中原は、東京弁に慣れるまで苦労したことだろう。しかし、いかに東京人の小林秀雄が「汚れちまった」と「正しく」修正したとしても、中原中也の詩の魅力はその「正しさ」を越えて、間違った「汚れつちまつた」という日本語のほうを、人々の胸に刻みつけたのである。「汚れつちまつた」は、いわば「中原語」とでも言うべき言葉になった。

「汚れつちまつた悲しみに……」の魅力はどこにあるのだろう。ひとことで言えば、人が生きるときの「悲しみ」のテクスチャーが丁寧に織り込まれている、ということに尽きる。人間は生まれたときは無垢だったが、生きているうちに汚れてしまう、そのことが悲しい、と詩は伝えているのではない。もしそうだったら、人間は失ってしまった無垢な精神を追うことにしか希望は見出されない。しかし、そんな無垢なるものは、この世にほんとうにあるのか。

中原中也は無垢や純粋というものを、人間のなかに追い求めた詩人ではない。むしろ詩を通して、もっと獰猛な生きるエネルギーを求めていた。例えば、『山羊の歌』に収められた「少年時」（第一章「生きる」冒頭に収録）が示しているように、「私は希望を唇に嚙みつぶして／私はギロギロする目で諦めてゐた……／噫《ああ》、生きてゐた、私は生きてゐた！」と表現する人間だった。ここで「希望を唇に嚙みつぶして」とあるように、過去をふり返る場合も、未来を見据える場合も、「希望」というものを少年時代から失ってしまった、それでも生き残ってきた、というのが中原中也である。それがこの詩人の強さだったと言えるだろう。

汚れつちまつた悲しみに
今日も小雪の降りかかる
汚れつちまつた悲しみに
今日も風さへ吹きすぎる

もう一度「汚れつちまつた悲しみに……」を読み返してみよう。この詩は「悲しみ」に小雪が降りかかり、風が吹きすぎ、「なにのぞむなくねがふなく」、「なすところもなく日は暮れる……」とあるだけで、何も言っていないのである。人間の

「悲しみ」がすでに汚れてしまっている、という発見がこの詩の真髄だということがわかる。

さて、そこからどう生きるか。第二章「恋する」の冒頭詩「夏の夜」（『在りし日の歌』所収）にこう書かれている。

あゝ　疲れた胸の裡《うち》を
桜色の　女が通る
女が通る。

なんという単純な、しかも身につまされるように響いてくるつぶやきであろう。桜色の女は、この詩の最後で「花弁」に言い替えられる。そして「靄《もや》はきれいだけれども、暑い！」という最終行で、読者を現実に突き落とす。短い詩のなかに込められたドラマチックな展開。中原中也の恋の詩は、「生きる」ことと「悲しむ」ことのなかから生み出された。彼は自らの生涯を生贄《いけにえ》のようにして、詩を書き続けたのである。

汚《よご》れつちまつた悲《かな》しみに……

中原中也《なかはらちゅうや》詩集《ししゅう》

中原中也《なかはらちゅうや》

佐々木幹郎《ささきみきろう》＝編

平成28年 10月 6日　初版発行
令和 7 年　5月15日　47版発行

発行者●山下直久

発行●株式会社KADOKAWA
〒102-8177　東京都千代田区富士見2-13-3
電話　0570-002-301（ナビダイヤル）

角川文庫 20003

印刷所●株式会社KADOKAWA
製本所●株式会社KADOKAWA

表紙画●和田三造

●お問い合わせ
https://www.kadokawa.co.jp/（「お問い合わせ」へお進みください）
※内容によっては、お答えできない場合があります。
※サポートは日本国内のみとさせていただきます。
※Japanese text only

ISBN978-4-04-104914-3　C0192

◆◇◇

角川文庫発刊に際して

角川源義

第二次世界大戦の敗北は、軍事力の敗北であった以上に、私たちの若い文化力の敗退であった。私たちの文化が戦争に対して如何に無力であり、単なるあだ花に過ぎなかったかを、私たちは身を以て体験し痛感した。西洋近代文化の摂取にとって、明治以後八十年の歳月は決して短かすぎたとは言えない。にもかかわらず、近代文化の伝統を確立し、自由な批判と柔軟な良識に富む文化層として自らを形成することに私たちは失敗して来た。そしてこれは、各層への文化の普及滲透を任務とする出版人の責任でもあった。

一九四五年以来、私たちは再び振出しに戻り、第一歩から踏み出すことを余儀なくされた。これは大きな不幸ではあるが、反面、これまでの混沌・未熟・歪曲の中にあった我が国の文化に秩序と確たる基礎を齎らすためには絶好の機会でもある。角川書店は、このような祖国の文化的危機にあたり、微力をも顧みず再建の礎石たるべき抱負と決意とをもって出発したが、ここに創立以来の念願を果すべく角川文庫を発刊する。これまで刊行されたあらゆる全集叢書文庫類の長所と短所とを検討し、古今東西の不朽の典籍を、良心的編集のもとに、廉価に、そして書架にふさわしい美本として、多くのひとびとに提供しようとする。しかし私たちは徒らに百科全書的な知識のジレッタントを作ることを目的とせず、あくまで祖国の文化に秩序と再建への道を示し、この文庫を角川書店の栄ある事業として、今後永久に継続発展せしめ、学芸と教養との殿堂として大成せんことを期したい。多くの読書子の愛情ある忠言と支持とによって、この希望と抱負とを完遂せしめられんことを願う。

一九四九年五月三日